KB146955

기억의 습지

이혜경

기억의 습지

이혜경

소설

PIN

014

차례

기억의 습지 009

작품해설 125
작가의 말 142

PIN

014

기억의 습지

이혜경

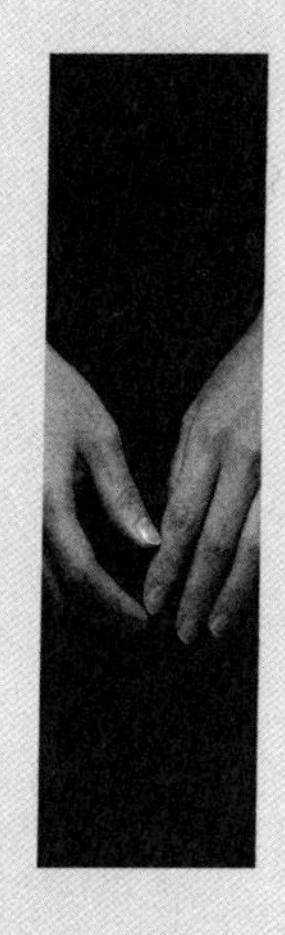

베트남에서 온 새댁의 가족은 추위를 탔다. 난생처음 탄 비행기에 멀미한 듯 가무잡잡한 얼굴에 노르스름한 기운이 어렸다. 새댁의 부모는 60대쯤으로 보였다. 이장은 차를 갖고 인천공항에 나가서 그들을 맞았다. 그도 통역을 겸해서 따라 나갔다. 공항으로 가는 대교에는 눈발이 팔랑팔랑 내리고 있었다. 새댁의 부모와, 그 동생이 함께 왔다. 동생은 새댁과 닮은 듯 조금 달랐다. 새댁의 친정아버지로 보이는 사람은 다리를 절었다. 그들은 아주 많이 말랐고, 그래서인지 추위를 몹시 타서인지 입술이 새파랬다. 집에 있는 점퍼라도 챙겨올 것을, 그는 뒤늦게 후회했다.

"어쩌지? 뭐 좀 먹여야 할 것 같은데?"

이장이 짐을 받아들며 말했다. 춥고 허기지고, 게다가 딸의 죽음까지 겹쳐서 그들은 길 잃은 강아지 같았다. 그는 지갑 속의 돈을 헤아리고 고개를 끄덕였다. 공항 안의 식당에서 뜨끈한 순두부를 먹을 수 있어서 좋았다. 새댁의 가족에겐 입에 안 맞는 듯했지만, 추위 때문인지 순순히 숟갈을 들었다. 그러면서 주위의 사람들을 보고 있었다. 그들에게는 귀에 선 말일 한국어가 홀에 울렸다. 이장이 계산을 했다.

공항은 주차비가 비쌌다. 그가 밥값 대신 주차비를 냈다. 이장은 운전석에, 그는 그 옆자리에, 새댁의 가족은 뒷자리에 태우고 아까 건넌 대교를 다시 건넜다. 눈발은 점점 굵어지고 있었다. 새댁의 엄마는 울음을 그치지 않았다. 내장이 다 쏟아지는 듯한 비통함이 차 안을 적셨다. 이장의 옆에 앉은 그는 할 말이 없었다. 그저 보온병에 담아간 따뜻한 보리차를 건넬 뿐이었다.

그들이 사는 면으로 가기 전, 읍내의 장례식장

에 들렀다. 철규가 나와서 장인 장모를 맞았다. 새댁의 엄마는 검정 양복을 입은 사위를 보자 가슴을 치며 울었다. 새댁의 동생도 형부를 보면서 또 눈물을 흘렸다. 한쪽 팔로 엄마의 얼굴을 감싼 채, 장례식장 입구에서 모녀는 울었다. 새댁의 영정 사진 앞에 향을 사르고, 그리고 엎어져서 울 뿐이었다. 그에겐 익숙한 향 냄새였다.

습기가 몸을 척척 휘감아왔다. 더위 때문에 더 짙게 느껴지는 습기였다. 발밑은 진창이었다. 그와 동료들은 일렬종대로 정글을 걷는 중이었다. 앞사람의 발걸음 자국에 맞춰서 걸어야 했다. 언제 어디서 뭐가 나타날지, 아무도 알지 못했다. 신경이 있는 대로 곤두섰다. 총을 든 팔이 조금씩 저려왔다. 총 자체는 그리 무거운 편이 아니었다. 훈련소에서 M1 대신 지급된 M16을 처음 받았을 때 한결 가볍다는 걸 느꼈다. 가벼우면서 총알도 훨씬 작았고 막상 쏘아보니 명중률이 높았다. 가벼운 총을 들고 걷는데도 팔이 아파오는 건, 워낙 긴장해서 그런 건지도 몰랐다. 슈우욱,

쇳소리가 귓전을 스치더니, 그의 바로 앞에서 걷던 방 병장이 풀썩 쓰러졌다. 오싹하면서 머리털이 쭈뼛했다. 그와 다른 분대원들도 바싹 얼어붙어 엎드렸다. 방 병장의 철모 아래, 귀 위쪽에서 흘러나온 진득한 피가 아래로 흘러 진창의 흙을 짙게 물들이고 있었다. 방 병장님, 방 병장님. 그가 다가가서 낮게 말하며 흔들었지만 방 병장의 감긴 눈은 떠지지 않았다. 굳게 닫힌 방 병장의 눈을 보는 그의 눈에서 더운 눈물이 철철 흘러내렸다. 맨 앞에서 첨병으로 나아가던 하사도 하얗게 질린 얼굴로 엎드린 채 우는 그를 멍하니 바라보았다. 머리에서 김이 모락모락 나는 것 같았다. 머리로 열기가 다 빠져나갔는지 내내 땀이 흐르던 몸에 한기가 돌았다. 하사가 눈짓으로 방 병장을 들쳐 메라는 신호를 보냈다. 사위가 조용해지자 방 병장의 몸을 어깨에 걸친 채 걸음을 떼놓았다. 다음 달이면 전역해서 고국으로 돌아간다고, PX에 분주히 드나들던 방 병장이었다. 앞에 있던 방 병장이 죽었으니 이제 그가 하사의 뒤에서 가는 수밖에 없었다. 어깨에 둘러멘 방 병장의 몸이 축 처져서 무게가 더 나가는 것 같았다. 그가 몇 발짝, 힘겹게 걸음을 뗐다. 그런데, 발밑에 흙 아닌 다른 것이 밟혔다. 지뢰! 그의 본능이 말해주고 있었다. 발을 떼면 안 된다는 걸 알면서도, 자기도 모르게 그 자리를 벗어나려 했다. 그 순간, 지뢰가 터지면서 그의 몸은 산산조각이 났다.

허억, 그는 꿈에서 깨어났다. 입에선 단내가 나고 숨이 가빴다. 양손은 주먹을 부르쥔 채였다. 어찌나 세게 쥐었는지 팔이 뻣뻣했다. 꿈이라는 걸 알면서도, 꿈의 끝자락에서 채 헤어나지 못한 그는 주먹을 풀어 손으로 팔과 다리, 그리고 머리통을 만져보았다. 다행히, 팔도 다리도 머리통도 그대로 붙어 있었다. 이맛전은 땀이 배어 나와 촉촉했다. 등판 역시 척척한 기운이 느껴졌다. 벽에 걸어놓은 시계를 보니, 두 시 반 조금 넘은 시각이었다. 점심으로 라면을 끓여 먹고 배가 부른 나머지 벽에 말아두었던 이불에 기대어 비스듬히 누웠다. 그새 잠들었던 모양이었다. 심장은 여전히, 떨어져 나갈 듯 거세게 팔딱거렸다. 몸을 일으켜 깊게 숨을 들이마시고 천천히 내뱉었다. 그래도 심장의 팔딱거림은 여전했다. 심호흡을 몇 번 더 해보았지만, 심장은 여전히 꿈에서 풀려나지 못한 듯 가쁘게 움직였다. 그는 체념하고 손을 뻗어 담뱃갑을 집었다. 담뱃갑이 헐렁했다. 들여다보니 달랑 세 개비 남아 있었다. 비싸서 더 귀하게 느껴지는 담배였다. 오래전, 그를 베트남에 보냈던 대통령의 딸이 다시 대통령이 되고 난 어느 날, 담뱃값은 하루아침에 펄쩍 뛰었다.

대통령 선거가 있던 날, 그도 읍사무소에 설치된 투표장에 갔다. 젊은 날, 라디오에서 자주 듣던 그 이름과 익숙한 얼굴. 그 시절, 그는 대통령 딸의 이름이 영애인 줄 알았다. 대통령 이름 아래, 영애 근혜 근영, 영식 지만으로 나열되던 이름들. 그래서 그는 대통령에게 딸이 셋이고 아들이 둘인가 보다, 생각했다. 영애와 영식이 이름이 아니라 그냥 호칭이라는 것은 나중에야 알았다. 그 '영애'가 대통령이 되겠다고 나섰을 때, 그는 그 이름을 찍기로 일찌감치 마음을 정했다. 다른 사람은 알 바 아니었다. 어린 나이에 중인환시리에 엄마가 총 맞아 죽고, 게다가 아버지까지 부하의 총에 맞아 즉사했다. 대통령의 딸은 그렇게 부모를 여의고 살던 청와대를 떠났다. 그러니 고아였고, 그 고아가 대통령이 되겠다는데, 하는 심정으로 투표장에서 그 이름 아래 찍었다. 하긴 나이가 60이 넘었으니 '고아'라고 할 수는 없었지만, 그래도 안쓰러웠다.

그 고아가 권력을 쥐자마자 그렇게 변할 줄 몰랐다. 이듬해 겨울, 마을회관엔 냉기뿐이었다. 대통령이 된 이듬해 예산안에서 경로당에 지급되던 냉난방비가 전액 삭감되었다고 했다. 추위도 추위지만, 담뱃값까지 그렇게 올릴 줄은 몰랐다. 말로는 서민 건강이 어쩌니 했지만, 대통령의 딸로 청와대에서 공주처럼 자라 대통령이 된 사람이 서민의 건강을? 고개를 갸웃하게 되었다. 말 다르고 행동 다른 사람들, 대통령의 딸이자 새 대통령도 그런 사람이었다는 걸 미처 몰랐다. 담뱃값이 오르자 마을회관에 모인 노인네들이 담배를 꺼내는 횟수가 눈에 띄게 줄었다. 갑자기 오른 담뱃값 때문이었다. 거의 대부분, 그 '영애'에게 표를 준 사람들이기 쉬웠다.

한 보루씩 사두던 담배를 이제 한 갑씩 겨우 살 수 있을 뿐이었다. 헐렁해진 담뱃갑이 말을 쏟아냈다. 심장이 뛰는 소리를 들어봐. 지금 같은 때 담배 피우는 건 해롭다고 생각되지 않나? 그는 그 소리를 무시했다. 왜 그래, 내 낙이라고는 담배밖에 없다고! 속으로 말대꾸하며 한 개비 꺼내고 갑을 살짝 우그려 입을 다물게 했다. 라이터로 불을 붙이고 한 모금 빨아들였다. 푸후, 깊게 숨을 내뱉었다. 그러자 여태껏 두근대던 동계가 그 숨으로 흘러나갔는지, 조금 가라앉는 것 같았다. 아내가 세상을 떠나고 끊었던 담배를 다시 집어들게 되었다. 담배는 그에게 유일한 벗이었다.

대체 언제 적 일인데, 또 꿈에?

흩어지는 연기를 멍하니 보며 머릿속으로 헤아렸다. 부산항에서 배에 올랐다가 이듬해 가을에 부산항으로 되돌아왔다. 20대 초반이었으니 40년도 더 전의 일이다. 돌아왔지만 돌아온 게 아니었다. 처음엔 눈만 감으면 월남 땅으로 가 있었다. 꿈속에서 늘 전쟁터에 가 있었다. 깨어나면 고향 집의 작은 방이었지만, 제정신으로 돌아오기까지 시간이 걸렸다. 잠드는 게 무서웠다. 세월이 흐르면서 기억도 꿈도 옅어졌다. 가끔 월남으로 가 있는 꿈을 꾸곤 했지만, 오늘처럼 생생하게 느껴진 건 오랜만이었다. 길지 않은 낮잠결의 꿈이 40년 넘는 시간을 한순간에 치워버렸다.

담배꽁초를 재떨이에 비벼 끄는데, 왈, 왈, 마당에 묶어둔 개 순동이가 짖기 시작했다. 왈왈왈왈왈, 순동이답지 않은 사나움이었다. 더 사나워진 순동이의 외침에 그는 귀를 쫑긋했다. 대문이 따로 없는 집이었다. 그는 몸을 일으켜 나가보았다. 마당에 하얀 봉투가 떨어져 있었다. 순동이를 짖게 한 사람은 이미 등을 돌리고 가고 있었다. 뒷모습이 이웃에 사는 철규 아버지 같았다. 그는 봉투를 집어 들었다. 청첩장이었다. 마흔 넘은 노총각이 결혼한다니, 경사였다. 철규의 이름 옆, 새댁의 이름은 응웬 흐엉이었다. 응웬 흐엉이라니, 베트남 이름? 난데없는 베트남 꿈은, 이 소식을 받으려고 그런 건가?

몇 달 전, 가을날이었다. 그는 다리 힘을 키우

기 위해서 자전거를 타고 나갔다. 아무도 없는 가게 앞 버스 정류장에 철규가 서 있었다. 웬일로 양복을 입고 여행 가방까지 옆에 두고 서 있었다. 자전거를 타고 지나가던 그에게 철규가 인사를 했다. 그는 자전거를 세웠다.

"어디 가는가?"

"예, 잠깐 어디 좀 다녀오려고요."

철규는 머리를 긁적이며 무안한 듯 웃었다. 어딜 가는지, 왜 가는지 묻고 싶었지만 철규의 머쓱한 웃음이 그 말을 꺼내지 못하게 했다.

"그래, 몸 성히 잘 다녀와."

그는 다시 자전거에 오르며 말했다. 어딜 가는지 모르지만, 그 말은 속으로 삭였다. 그러더니. 그때 베트남에 색싯감을 만나러 갔던 모양이었다.

'베트남 숫처녀와 결혼하세요'라는 현수막이 읍에서 마을로 들어서는 큰길 허공에서 펄럭인 건 오래전이다. 원래 흰색이었던 현수막은 그사이 누렇게 바랬다. 초혼·재혼·장애인 환영. 65세까지, 100% 성사. 거기 적힌 액수는 어림잡아 천만 원 가까웠다. 철규에게 그럴 만한 돈이 있었나? 그는 알지 못했다.

순동이가 다시 짖어댔다. 누군가 현관문 앞에 다가와 두드리고 있었다. 그는 청첩장을 바닥에 내려놓고 몸을 일으켰다. 문 위쪽 반투명 유리에 사람의 모습이 비쳤다. 감색 윗도리. 김이 늘 입고 다니는 점퍼 빛깔이었다. 문을 열자 김이 거북이처럼 고개부터 들이밀었다.

"뭐 하고 있어?"

"그냥 있지. 들어와."

"봄은 봄인가봐. 이 집 저 집 할 것 없이 밭에 나온 걸 보면."

김이 입을 열자 담뱃진에 쩐 내가 났다. 그도 담배를 피우지만, 남의 입에서 나는 담뱃내는 구렸다. 그는 고개를 살짝 돌리며 대답했다.

"그러게. 봄이라 그런지…… 나도 점심 먹고 낮잠을 다 잤네."

어수선한 꿈 이야기가 비어져 나오려 해 말을 돌렸다.

"벌써 4월도 한고비 넘어갔으니…… 세월 참

빨라. 세월 가는 거 생각하면 무섭지."

"그거야 뭐, 어제오늘 일도 아니고……."

"이리 앉아. 커피?"

"주면 고맙지."

"나도 한잔할까 하던 참이었어."

그는 가스레인지에 물 주전자를 올리고, 싱크대 위에 놓인 잔에 커피믹스를 뜯어서 쏟았다. 물이 끓기를 기다리며 물었다.

"담배 태울 텐가?"

"나도 있어. 담뱃값이 워낙 비싸니까 담배가 아니라 금으로 만든 것 같지만."

김은 그러면서 주머니에서 담뱃갑을 꺼내 담배를 한 개비 뽑은 다음 라이터로 불을 붙였다. 김이 한 모금 깊게 빨아들이자 그는 방에서 재떨이를 내와 김 앞으로 밀어주었다. 그사이 물이 끓었다. 물을 붓자 커피 냄새가 확 번졌다. 그는 잔을 들어 김과 자기 앞에 하나씩 놓았다. 김이 후후 불어서 한 모금 마시고 내려놓았다.

"얘기 들었어? 동네 누가 결혼한다는데?"

그는 방바닥에 있던 청첩장을 건네주었다. 김

이 그걸 바라보았다.

"자넨 청첩장 받았군. 난 오다가 철규 아버지 만나서 들었네."

"그 집에도 청첩장은 갔을 거야."

"나 나올 때에도 없었는데. 어쨌든 노총각이 결혼한다니 가봐야지. 날짜가……."

김은 그러면서 눈을 가느스름하게 뜨고 청첩장을 눈에서 멀리 했다.

"돋보기 여깄네. 우선 이거라도 걸쳐봐."

그는 돋보기를 꺼내 주었다. 김은 그가 건네준 돋보기를 쓰고 청첩장을 펼쳤다.

"철규야 그렇다 치고, 신부가 응웬 흐엉? 한국 이름이 아닌데?"

"글쎄, 아마도 베트남 색시가 아닐까 싶어. 전에 나 월남에 있을 때 그 비슷한 이름을 많이 들은 것 같아."

"자네가 월남에?"

김이 눈을 커다랗게 떴다.

"처음 듣는 소린데?"

"지난 일인데 말할 게 뭐 있나 싶었어. 그런데

이 소식 받으려고 그랬나봐. 조금 전 자는데 월남전 때 꿈을 꿨거든."

꿈속에서 소스라친 기억 때문에 그의 얼굴은 저절로 찌푸려졌다. 김이 머뭇거리다가 입을 떼었다.

"자네가 월남에 있었다니 말인데, 나도 한때 휴전선을 내 집처럼 드나들었어. 이런 이야기를 할 수 있다니……."

"북한? 북한에서 간첩이 내려온 건 알고 있는데, 그럼 자네 간첩이었나?"

"그건 아니야. 내 고향은 전라도일세."

"그런데 무슨?"

그의 얼굴을 안 보는 듯 빤히 보던 김이 툭, 말을 던졌다.

"북파 공작원이라고, 혹시 들어봤나?"

머리털이 쭈뼛 서는 것 같았다. 북쪽이라니, 그럼 휴전선을? 그런 의문 한편에, 비로소 뭔가 선명해지는 듯한 느낌이 일었다. 김에 대한 궁금증이 한꺼번에 풀리는 것 같았다.

"처음 듣는데? 그게 무슨 소리인가?"

"나중에 말할게. 아직 아무한테도 말한 적이 없어서. 난 혼인 소식 알려주려고 왔지. 어쨌든 예식장엔 갈 거지? 나도 그날은 가봐야 할까봐. 아무래도 마을에서 따돌림 받는 것 같아서……. 사실 그게 편하긴 한데."

김이 예식장에 가겠다는 건 뜻밖이었다. 김은 마을 끝자락, 산어귀의 빈집에 들어와 혼자 살고 있었다.

혼자 지내면서도 나름대로 정리하고, 옷차림에 신경 쓰는 그와 달리, 키 작고 체구도 왜소한 김은 치레나 정리엔 무심한 편이었다. 가장 결정적인 것은, 마을 사람과 교류하지 않는다는 것이었다. 김의 고백은 마을 사람들의 의문에 대한 답이었다.

그가 이 마을로 온 이듬해, 삐쩍 마른 낯선 사내가 동네로 왔다. 사내는 산자락, 누가 쓰다가 비워두었는지 모를 움막 같은 집에 혼자 들어가 둥지를 틀었다. 그 사내에게서 맡아지는 건 녹슨 쇠붙이 냄새 같기도 하고 피 냄새 같기도 한 무엇이었다. 사내가 어쩌다 동네로 향하는 길로 나서면 개들은 사납게 짖어대고 동네 집들은 슬그머니 대문을 닫았걸었다. 어디서 돈이 나는 걸까, 그는 늘 술병을 들고 비칠거렸다. 개장수 같다는 소문이 그의 등에 들러붙었지만, 그가 개를 잡아가는 걸 본 사람은 없었다. 말은 말을 낳았다. 말은 엉덩이가 펑퍼짐해서 순풍순풍 아이를 낳는 여자 같았다. 개장수, 라는 말이 그의 등에 붙자 그가 하는 모든 일이 개와 관련이 있는 것처럼 여겨졌다. 그의 옷에서 나는 퀴퀴한 냄새는 비 맞은 개의 털에서 나는 냄새 같았고, 걸핏하면 취해서 길바닥에 쓰러져 자는 모습은 제 고추를 핥는 개와 겹쳤고, 술기로 벌게진 눈자위도 개를 때려잡을 때 몸에 드는 멍을 연상시켰다. 그래서인지, 마을 사람들은 그를 반기지 않았다. 그는 마을회관에도 거의 모습을 보이지 않았다. 이사할 때도 차 같은 거 없이 빈 몸으로 가방 하나 끌고 들어왔고, 산어귀에 둥지를 튼 뒤로는 집 밖으로 나오지 않았다. 이따금 산 쪽에서 으허헝, 짐승의 울음 같은 소리가 나면 마을회관에 있던 사람들은 저마다 터진 입이라고 한마디씩 보탰다.

"뭐 하던 사람이래?"

"모르지, 누가 알겠어. 본인이 입에 자물쇠를 채우고 있으니."

"눈매가 예사롭지 않아. 전과자 아닌가 싶어."

마을회관에 모인 사람들 사이에 말이 분분했다. 성폭행범일 수도 있다는 짐작 때문에, 늦게 들어오는 딸을 버스 정류장까지 나가서 기다리는 사람들도 생겼다. 그럴수록 술이라도 사 들고 마을회관을 찾으면 좋으련만, 그는 아예 누구하고도 섞이고 싶지 않은 모양이었다. 시골 마을에 들어와서 저러면 안 되는데……. 그가 은근히 걱정할 정도였다.

어느 어스름 녘, 순동이가 마구 짖어대고 누군가가 문을 두드렸다. 문을 여니, 뜻밖에도 그 사내, 김이 서 있었다. 팔에 소주병을 안은 채였다. 괜찮으면 같이 술이나 할까 하고……. 김은 슬며시 눈을 피하며 웅얼거렸다. 이미 전작이 있었던 듯, 흰자위가 벌겋고, 눈가가 풀어져 있었다. 동네 사람들을 피하던 김이 하필 자신을 찾아온 게 뜻밖이라서 선뜻 대답이 나오지 않았다. 어쩌지, 하다가 그는 마음을 정했다.

"들어와요. 누추하지만."

어쩌다 산책을 나가면 자연히 산을 향해 걷게 되었다. 김의 집은 그 산어귀에 있었다. 가까이 다가갈수록, 집이 '나 곧 허물어질 거야!' 하고 외치는 듯했다. 좁다란 앞마당엔 풀이 우북했다. 그 아래에 혀를 날름거리는 뱀이 기어 다닌다 해도 믿길 정도였다. 사람의 기척이 들리지 않아서 슬그머니 현관문을 열면, 입었던 옷가지는 여기저기 널려 있고, 싱크대엔 쓰고 던져둔 그릇이 밥풀이나 음식의 흔적을 가장자리에 매단 채 말라가고 있었다. 환기조차 잘 안 하는지, 퀴퀴한 냄새가 배어 있었다. 어쩌면 그건, 김의 삶이 썩어 들어가는 냄새인지도 몰랐다. 들어간 사람조차 심란하게 만드는 어수선함이었다. 그나마 김의 집이 조금 외진 산모퉁이에 있는 게 다행이었다. 하긴, 김의 집에 드나드는 사람도 없었다. 누구네던가, 칠순 잔치 때도 김은 사철 입다시피 하는 점퍼 차림으로 나타났다. 김이 나타나자 사람들의 얼굴에 불편한 기색이 짙게 드러났다. 그래도 잔칫날이라서 한 자리 내주자 김은 말없이, 걸신들린 듯이 먹고 나갔다. 마을회관에 김의 모습이 비치면 사람들의 말이 없어졌다.

김은 현관에서 신발을 벗었다. 어찌나 낡았는지 개도 안 물어 갈 것 같은 신발이었다. 김의 발에서 쩐 듯한 고린내가 풍겼다. 사람들이 피할 만했다.

그는 낮에 먹다 둔 고추장 푼 감자찌개를 데우고 전기밥솥의 밥을 꺼내 상을 차렸다. 소주를 따를 잔도 두 개 꺼냈다. 반찬이라고는 달랑 묵은 김치뿐인 상이었지만, 김은 찌개 국물을 떠먹고 감자를 우걱우걱 씹으며 밥 한 그릇을 달게 먹었다. 그러는 사이사이, 소주를 넘겼다. 오래 밥을 굶은 것처럼 보였다.

"식사는 어떻게?"

"그냥저냥……."

"그래도 밥을 먹어야……."

그는 말끝을 흐렸다.

“역시 챙겨주는 사람이 있었던 사람은 달라.”

그의 말에서, 오래 혼자 산 사람의 고적함이 번져 나와 그는 묻지 않을 수 없었다.

“그럼 계속 혼자?”

김은 말없이 고개를 끄덕였다. 소주잔을 챙기고 텔레비전을 켰지만, 사내가 빨리 돌아갔으면 하는 마음이었다. 김의 몸에서 풍기는 역한 냄새가 집을 채우고 있었다. 텔레비전에서는 「6시 내 고향」이 방영되고 있었다. 그날, 김은 술을 마시러 온 듯 소주를 연신 들이켰다. 그가 마시는 속도의 두세 배는 되는 것 같았다. 그리고 비칠거리며 일어섰다. 이미 어둠이 깊어서, 그는 갖고 있던 회중전등을 들고 나섰다. 어둠 속에 한 줄기 가는 빛에 의지해서, 김을 집에 데려다주었다. 집에 들어가는 걸 보자 어쩐지 홀가분해졌다. 밤길을 걸어 집으로 돌아오면서 그는 김이 알코올중독자나 다름없다는 생각을 했다. 그도 김처럼 될까봐 두려웠다. 아내가 세상을 떠나고 이 마을로 들어오면서 이따금 마시던 술을 그날부로 끊기로 했다.

그런대로 마을 풍경에 녹아 있던 그의 집과 김의 집이 두드러지게 느껴진 건 마을 어귀에 새로 들어선 집 때문이었다. 도시에서 살던 사람이 귀촌한다고 했는데, 지을 때부터 조금 요란했다. 돈이 많은 사람이었는지 터를 널찍하게 잡았다. 외지인인 땅 주인을 본 적은 없었다. 건축 자재를 실어 나르는 트럭이 길에 먼지를 피워 올리며 지나다녔다. 2층으로 올린 집 바깥엔 나무로 만든 데크가 설치됐고, 인부들이 부지런히 감나무며 석류나무 묘목을 심었다. 그 주위엔 잔디를 깔았다. 그만그만한 집들로 이루어진 동네에 좋은 자재를 쓴 2층집은 난쟁이들이 사는 마을에 들어선 거인 같았다. 위용이 있으나 생경했다. 집이 완성되자 5톤 트럭이 이삿짐을 싣고 왔다. 대학교수로 있다가 정년퇴직하고, 공기 맑은 곳을 찾다 오래전 차로 지난 적 있는 이곳이 마음에 들어서 살러 왔다는 노부부가 그 집의 주인이 되었다. 이사한 그들은 마을회관에 와서 인사를 했다. 볕에 그을고 주름살이 자글자글한 동네 사람들과 달리 도시물을 먹은 뽀얀 얼굴이 귀티가 났다. 그 집을 다녀온 이장은 “역시 교수님이라 다르네. 온 집 안을 책으로 도배했어. 책 읽느라고 집에만 있나 봐” 했다. 그 말끝에 서운한 마음이 살짝 묻어 나왔다. 첫날 인사차 마을회관에 나온 뒤로는 얼굴을 비치지 않으니 이장이 찾아간 거였다. 그 노부부가 사는 집은 섬이나 다름없었다. 이따금 그 집 앞마당에, 서울 번호판을 단 승용차가 와서 하루나 이틀쯤 머물러 있곤 했다. 그럴 때면 그 집의 2층 방에 불이 환했다. 아마도 그 집의 아들딸이 온 모양이라고, 마을회관에 모인 사람들은 숙덕거렸다. 승용차가 오면 마당엔 열 살 남짓한 애들이 뛰어놀았다.

어쩌다 동네 길에서 목줄 맨 셰퍼드를 데리고 산책하는 부부를 만나면 그는 동네 사람이니까, 하면서 인사를 했다. 그 부부도 웃으며 인사를 했다. 그러나 그뿐이었다. 인사를 나누고 지나칠 뿐, 특별히 말을 건네거나 하지는 않았고 그도 마찬가지였다. 많이 배운 사람들의 냉정함 같은 게 느껴져서 서먹서먹했다. 그 집이 들어옴으로써 그의 집이나 김의 집은 상대적으로 누추해졌다. 같은 동네에 있지만 강을 사이에 둔 듯한, 달동네와 강남의 집 같은 차이가 느껴졌다. 그 대신, 그와 김 사이에는 일종의 동지 의식 같은 게 생겨났다. 누추한 집에서 혼자 사는 늙은이, 들의 동료 의식 같은 거였다.

젊은 날 그가 월남에서 돌아오자, 고향 마을에선 죽지도, 다치지도 않고 돌아온 게 어디냐고 작은 잔치를 열어주었다. 멸치 국물에 만 국수가 놓였고, 돼지 한 마리가 제명을 다했다. 동네 사람들은 그에게 연신 찰랑찰랑하게 부은 막걸리 잔을 건넸다. 오랜만의 막걸리가 맛있어서 그는 주는 대로 잔을 받았다. 그리고 얼근히 취한 나머지 비틀거리며 방으로 들어가 잠들었다.

전쟁 중이었고, 동굴에 베트콩이 있다는 두려움으로 일단 수류탄을 안으로 던져 넣었다. 수류탄이 터지고도 들어가는 건 무서웠다. 베트콩은 인정사정이 없었고 그에 걸맞은 두려움 때문에 화염 방사기로 안을 불바다로 만들었다. 어디에 숨어 있었던 걸까, 안에서 날아온 총알이 철모에

빗맞더니, 그다음에 날아온 탄환이 그의 얼굴을 뚫었다.

깨어보니 방이었다. 막걸리를 들이부은 속이 부대끼고, 밖은 여전히 왁자지껄했다. 엄마가 방문을 열고 들여다보았다. 그가 깨어 있는 걸 보고 반가운 웃음을 지었다.

"필성아, 널 위한 잔치인데 네가 들어가서 그렇게 오래 있으면 어떡하냐? 잘 만큼 잤으면 어서 나와봐."

월남 꿈이 무서워서라도 나가는 게 나을 것 같았다. 동네 어르신들은 그새 막걸리에 벌게진 얼굴로 그를 맞았다.

"좀 쉬었나? 이제 자네도 장가가야지."

동네 사람들은 그가 월남에서 떼돈을 벌어 왔다고 생각했다. 다달이 받는 군인 봉급은 은행에 적립되어 있었고 수당도 적금에 들어 있었다. 동생 필주가 대학에 가게 되면 등록금으로 내줄 생각이었다. 필주는 그와 달리 공부에 소질이 있었고, 공부 머리도 있었다. 걸핏하면 1등을 하는 필주가 그는 자랑스러웠다. 그리고 그 필주의 등록금을 내줄 수 있을 만한 처지가 된 것도 다행이었다. 그는 어련무던한 표정을 지었다.

"전쟁터에서 살아 돌아온 것만도 용하지."

한 어르신이 말하면서 고개를 끄덕였다. 그 말에 왈칵 눈물이 솟구치려 했다. 전쟁터에서 죽어간 동료들이 떠오르며, 지금 자기가 고향 마을에 있다는 게 얼마나 큰 복인가 싶었다. 다행히, 그는 울지 않을 수 있었다.

그가 속한 부대가 월남에 파견된다는 걸 알게 된 건 그가 이등병을 거쳐 일등병을 달고 난 뒤였다. 더럭, 겁부터 났다. 전쟁터라니, 한국전쟁에서 아버지의 시신을 본 기억이 남아 있는 그에게 전쟁은 공포 그 자체였다. 다른 무엇보다도 어머니와 동생이 걸렸다. 그래도, '까라면 까는' 군대에 와 있으니 몸은 내 몸이되 내 마음대로 할 수 있는 건 아니었다. 그는 체념이 빠른 편이었다. 피할 수 없다는 걸 알자, 어쨌든 외국에 나갈 수 있다는 게 어딘가, 억지로 마음을 돌렸다.

같은 내무반에 있던 황 상병은 파월된다는 소

문이 돌자마자 편지를 쓰기 시작했다. 다른 사람이 볼 수 없도록 구석에 엎드려 몇 통의 편지를 썼다. 그의 부대원들이 파월 훈련장이 있는 강원도 산골로 들어갈 때, 황 상병은 삼베 바지에 방귀 새듯 흔적도 없이 사라졌다. 파월 훈련장에서 첫날엔 하얀 쌀밥과 통닭이 나왔다. 어쩌다 명절 때 닭백숙이나 먹었을까, 통닭 한 마리는 황홀했지만, 그 여파가 컸다. 설사 때문에 첫날 밤부터 잠을 설쳤다. 밤인데도 변소에 가서 쪼그리고 앉아야 했다. 주룩주룩, 거의 물 같은 설사였다. 기름진 음식이 낯설었던 그의 위와 장이 쏟아내는 물이었다. 한밤 내 쏟아냈더니, 다음 날이 되자 설사는 멎었다. 황 상병과 친하게 지내던 박 상병은 다들 궁금해하자 대답했다. "집안에 아는 국회의원이 있다며 편지 쓰더니, 그 힘으로 빠져나갔나봐. 역시 빽이 좋긴 좋아……." 그러면서 담배를 피워 물었다. 힘 있는 놈들은 빠져나가고 우리처럼 힘없는 쭉정이들만 가는 곳이 월남인 것 같다고, 담배 연기를 내뿜으며 박 상병이 혼잣말하듯 흘렸다. 풀기가 다 죽은 말투였지만 박 상병은 끝내 가는 실오라기 같은 희망을 버리지 않았다. 그래도, 거기 가면 돈을 벌 수 있다니까, 죽기 아니면 돈 벌기지, 뭐. 그런 박 상병이 파병된 지 5개월도 안 되어 수색 작업하던 중 베트콩의 총에 맞아 비행기 타고 한국으로 돌아가게 되었다는 걸 그는 나중에 알게 되었다.

첫날, '전쟁터에서 살아남는 법을 교육시켜'주겠다던 교관의 말은 헛말이 아니었다. 훈련은 고되었다. 그렇지만 모든 게 자신의 생존과 직결되어 있었다. 어린 시절에 겪은 한국전쟁의 기억은 많이 지워졌지만, 공포는 몸 안쪽에 잠복해 있었다. 그런데 이제, 직접 전쟁터로 뛰어드는 것이었다. 월남에 참전했던 교관들의 생생한 체험담을 들으면 살갗이 오싹했다.

"여기 봐, 여기 그냥 대나무 자른 거 같지? 그런데 끝에 독이 묻어 있어. 그래서 일단 들어가서 찔리면 그 독이 몸에 퍼져서 살아날 수 없어. 베트콩은 정글에 이런 걸 만들어놓고 그 위를 풀로 덮어서 지나가다 빠지기 쉽게 만들어. 빠졌다가 억지로 나온다 해도, 독이 몸에 퍼져서 얼마 안 가 죽게 마련이야."

훈련장에는 모형 동굴이 있었다. 교관은 거기에 연막탄을 터뜨리고 총을 들고 들어가게 했다. 베트콩을 잡는 연습이었다. 앞이 보이지 않는 동굴, 거기 숨어 있을지도 모르는 베트콩. 연막탄 하얀 연기 속에서 헤매다 보면 공연히 오싹해졌다. 매캐한 연기 때문에 기침이 났지만, 그것도 참아야 했다. 기침을 하면 교관이 등을 쳤다. "그건 여기 네가 있다는 걸 적들에게 알려주는 거라구. 기침 한 번에 목숨 잃는 곳이 월남이야. 알아?"

군복에 밴 연막탄 냄새가 빠지는 데에 며칠 걸렸다. 그 냄새를 맡을 때마다 뿌옇게 눈을 가리던 공포가 되살아났다.

중대장은 이따금 한밤중에 그들의 숙소에 들어서면서 외쳤다. 기상, 기상! 다들 완전 군장하고 연병장으로! 한창 꿈속에 있던 병사들은 부스스 일어나 군장을 하고 연병장으로 나섰다. 잘 때도 군화는 벗지 않았다. 연병장에 모이자 중대장은 "다들 산으로!" 했다. 그 말뿐이었다. 플래시를 든 선임이 앞서고, 그들은 그 뒤를 따랐다. 걷다 보면 나무 냄새가 몸에 묻은 잠기를 씻어주었다.

수료식을 하고 떠나오던 날, 특별수송열차는 춘천역 플랫폼에 오색 테이프를 온몸에 휘감은 채 거대한 지네처럼 묵묵히 엎드려 있었다. 역 한쪽 공터에 마련된 만남의 장소에는 이역만리 전쟁터로 떠나는 자식과 형제들을 만나러 엄청난 사람들이 와 있었다. 그 인파 속에서 엄마를 어떻게 찾아야 할지 엄두가 안 났다. 웅성거리는 소음인지 잡음들 속, 어디선가 그의 이름을 외치는 소리가 들렸다.

"필성아, 여기야! 여기다!"

엄마가 머릿수건을 풀어 흔들고 있었다. 그 옆에 중학교 교복을 입은 동생 필주가 또록또록한 눈으로 그를 바라보고 있었다. 그가 다가가자 엄마의 눈엔 눈물이 가득 고였다. 그렇게라도 엄마 얼굴을 볼 수 있다는 게 어딘가, 싶어서 그는 감지덕지했다. 한국전쟁 중에 남편을 잃고 어린 두 아들을 데리고 피난한 엄마였다. 그런데 맏아들인 자기가 지금 전쟁터로 떠나는 것이다.

혼자된 엄마가 자기와 동생을 키우느라 얼마나 고생했는지, 그는 자라면서 알게 되었다. 엄마는 시장에서 좌판을 하나 얻어 나물을 캐다 팔았다. 어린 시절, 그는 학교에서 돌아오면 시장으로 가서 엄마의 좌판 옆을 지켰다. 그가 어려서였을까, 아들이 버젓이 옆에 있는데도 남자들은 수작을 걸었다. 그런 일을 겪다 보니, 그는 그냥 물건을 사려는 사람과 딴마음 먹은 사람들을 구분할 수 있게 되었다. 그의 식구들이 캔 나물 한 줌 사면서 자꾸 말을 거는 사람들이었다. "아주머니는 식구가 없소?" 그러면 엄마는 옆에 앉은 그를 가리켰다. 그런 사람들을 볼 때면 그의 눈에 저절로 힘이 들어갔다. "아따, 녀석, 눈빛 봐라. 어린 녀석이 눈빛이 저래서야!" 그러니 우리 엄마를 넘보지 말라고, 그의 단호한 표정이 말하고 있었지만, 어른 남자들은 그쯤, 하는 눈으로 그를 바라보았다. 엄마는 '과부댁'으로 불리다가, 나중엔 그의 이름을 딴 '필성이 엄마'로 불렸다. 나물을 뜯고 열심히 다듬어 좌판에 널어놓으면, 남정네들은 손가락으로 가리켰다. 엄마가 신문지에 싸서 건네면 사내들은 돈을 내밀었다. 남편 없는 여자, 울타리가 없다는 것 때문에 남정네들이 제멋대로 넘본다고 집에 돌아오는 길에 눈물을 훔쳤다.

엄마는 시장에서 한참 들어가는 동네에 밭뙈기가 딸린 집을 한 채 장만했다. 엄마는 낮이면 밭에 엎드려 일하고, 밤이면 끙끙 앓는 소리를 내며 죽은 듯이 잠들었다. 새벽이면 언제 그랬냐는 듯 반짝 일어나 얼굴에 물을 묻히고 쪽을 찌며 시장에 갈 차비를 했다.

잠은 쉬 오지 않았다. 춘천역에서 헤어진 엄마의 비녀 꽂은 머리, 어느새 속살이 훤히 보이던 정수리가 가슴에 얹혔다. 전쟁 중에 남편 여의고 온갖 고생을 한 엄마, 이제 아들에게 의지하고 싶었을 텐데, 아들도 전쟁하러 나간다. 엄마의 마음을 다 알 수는 없었지만, 그래도 미안했다. 그러나, 어쩔 수 없는 일이었다. 국회의원에게 편지를 써서 빠져나간 황 상병이 부러울 뿐이었다. 용산

역에선 다시 환송회가 열렸다. 군악대의 연주가 우렁찼다. 그 시끄러움을 밟으며 열차는 천천히 선로를 미끄러졌다. 역사를 벗어난 열차 속, 다들 넋 놓고 어두운 밤을 내다보았다. 차창 너머로는 고층 빌딩의 불빛이 우뚝했다. 그 사이사이 먹빛 어둠이 잠복해 있었다. 그러다 지쳐서 코를 드르렁 골면서 잠들기도 했지만, 그저 잠의 표면에 살짝살짝 얹혔을 뿐, 깊은 잠에 빠지지는 못했다. 그들을 기다리는 건 전쟁이었다. 죽이지 않으면 죽는 것, 그 단순한 이치가 섬뜩했다. 죽거나 죽이거나.

"비행기 타고 가지 마라. 비행기 타고 간 사람은 비행기 타고 돌아온다."

훈련 도중에 자주 들은 말, 아니 경고였다. 비행기를 타고 이 나라를 떠난 사람은 비행기를 타고 돌아온다는 말. 그건 살아서 돌아오지 못한다는 말이었다. 죽어서, 한 줌 재가 되어 상자에 담겨, 그런 뒤에야 비행기를 타고 올 수 있다는 뜻이었다. 그들은 비행기가 아닌 배를 타러, 부산항으로 가고 있는 중이었다. 특별수송열차의 선로는 항구까지 이어졌다.

열차에서 내리자, 해풍은 비릿한 냄새를 싣고 오고, 갈매기는 그 비린 바람에 날개를 펼치고 끼룩거렸다. 멀리 보이는, 10층짜리 건물 높이와 맞먹는다는 배의 위용이 그들을 압도했다. 배는 그들이 타고 온 열차처럼 테이프로 휘감겨 있었다. 부두에서의 환송식에서 사람들은 군복 입은 이들에게 꽃목걸이를 걸어주거나 종이테이프를 던졌다.

환송객들의 열기와 소란을 뒤로하고, 장병들은 더플백을 멘 채 묵묵히 배와 부두를 잇는 가교에 올랐다. 가교에 오르기 전, 땅에 입맞춤하는 병사도 있었다. 그 심정이 문득 이해되었다.

선실의 침상에 더플백을 풀어 대충 정리하고 갑판으로 올라갔다. 부두에 모여선 사람들이 저 아래 까마득했다. 군악대의 소리, 손에 손에 태극기를 들고 목청 높여 노래 부르는 사람들, 그 모두가 한 겹 너머인 듯 아스라했다. 그의 부대인 백마부대의 상징인, 앞발을 치켜든 백마 형상이 허공에 떠 있었다. 종이로 만든 백마였다.

아느냐, 그 이름 무적의 사나이
세운 공도 찬란한 백마고지 용사들
정의의 십자군, 깃발을 높이 들고
백마가 가는 곳엔 정의가 있다.
달려간다, 백마는 월남 땅으로
이기고 돌아오라, 대한의 용사들

아느냐, 그 이름 역전의 사나이
그 이름도 찬란한 백마고지 용사들
자유의 십자군, 깃발을 높이 들고
백마가 가는 곳엔 자유가 있다.
달려간다, 백마는 월남 땅으로
이기고 돌아오라, 대한의 용사들

예인선이 배를 끌어냈다. 부우웅, 뱃고동 소리가 길게 울려 퍼지자 부두에 몰려 있던 사람들이 와와와! 함성을 질렀다. 예인선이 아닌, 그 함성에 밀려 배가 떠나는 것처럼 느껴졌다. 배가 서서히 부두에서 멀어질 때, 문득 의문이 솟구쳤다. 내가 살아서 다시 이곳에 올 수 있을까? 아무도 모르는 일이었다. 베트콩과의 싸움, 총을 든 진짜 전쟁터에 나가는 일이었다. 그때 옆에 있던 김 이병이 그를 툭 쳤다. "무섭네요. 살아서 돌아올 수 있을까요?" 그는 자기와 똑같은 생각을 하는 사람이 곁에 있다는 게 위안이 되었다. "까짓거, 죽기 아니면 살기지." 난데없는 호기를 부리게 되었다.

바닷바람은 육지 바람과 비교가 안 되게 세찼다. 배를 휘감았던 종이테이프 조각들이 나달거리다 떨어져 나갔다. 떨어진 테이프들은 바닷물 위에 덧없이 떠 있다 멀어졌다. 부산항이 점점 멀어지더니 섬자락 끝이 보였다 사라지고, 망망대해가 펼쳐졌다. 시퍼런 물이 무서웠다. 거대한 배는 그 자체가 움직이는 도시 같았다.

배 안에서, 그들을 지휘하는 건 미군들이었다. 미군은 수시로 실내 청결을 점검했다. 나름대로 열심히 치웠지만 미군은 늘 고개를 저었다. 노, 노, 노. 그게 안 된다는 뜻이라는 걸 모두 알게 되었다. 차가운 거부였다. 허옇고 커다란 미군이 그렇게 말하면, 왠지 주눅이 들었다. 월남에 도착하면 베트콩이 아니라 저놈부터 목을 따고 싶다……. 같은 내무반이었던 김 이병이 중얼거렸다. 텃세 부리는 거 아냐?

텃세가 심한 대신 밥은 잘 나왔다. 꽁보리밥에 김치와 나물만 먹던 그들에게, 빵과 밥, 그리고 고깃덩어리가 나왔다. 그걸 스테이크라고 한다는 건 월남에서 알았다. 새로운 맛에 비위가 상하는 줄도 모르고 먹었더니 설사기가 왔다. 변소에 들어간 그는 깜짝 놀랐다. 쪼그리고 앉는 변소가 아니라 하얀 도자기로 된, 커다란 그릇 같은 게 놓여 있었다. 게다가 천으로 칸막이가 되어 있을 뿐 문이 없었다. "이게 뭡니까? 이 일병님?" 옆에서 당황한 김 이병의 목소리가 터져 나왔다. 재래식 변소에서 쪼그리고 앉는 것만 알았던 김 이병의 당황이 그에게 전해졌지만, 그도 아는 바가 없었다. 그러기 전에 토하느라 바빴다. 바닥에 토할 수는 없으니까 그 그릇 같은 데에 토했다. 토사물에서 나는 시큼한 냄새에 다시 속이 뒤집혔다. 한참 토하다 겨우 몸을 일으키고 보니, 건너편에선 미군이 거기 앉아서 일을 보고 있었다. 그 옆엔

신문지가 아니라 둘둘 말린 종이가 걸려 있었다. 미군은 그 종이를 뜯어서 뒤를 닦았다. 그제야 그는, 그 그릇이 변기라는 걸 알았다. 다음 날, 거기 앉아보았지만 똥이 나오지 않았다. 하는 수 없이 거기 올라가 쪼그리고 앉았더니 그제야 똥이 나왔다. 앞에 앉아 있던 미군이 그를 보고 웃었다.

평생 먹어보지 못한 음식들을 먹는 건 좋았다. 몇 번 먹으니 속이 느글거리긴 했지만, 후식으로 파인애플 같은 귀한 과일과 커피, 아이스크림이 나왔다. 하드가 아니라 혀에서 살살 녹는 아이스크림이었다. 대체 이런 걸 어떻게 배에 실은 걸까? 알지 못할 것투성이라서, 미국의 힘에 주눅이 들었다. 한국 병사들은 총만 닦고 또 닦았다. 훈련소에서 처음 이 총을 받던 날, 그는 깜짝 놀랐다. 그전에 쓰던 M1이나 칼빈 총에 비하면 엄청나게 가벼워서 살짝 장난감 같았다. 총알도 전에 쓰던 총보다 작았다.

애개, 하는 표정으로 총을 바라보는 그들에게 교관이 말했다.

"총이 가볍다고 우습게 보지 마라. 이 총은 회

전력이 강해서, 목표물에 맞으면 완전히 가루가 된다."

설명을 들은 뒤 사격대에 올라가 조준 사격을 했다. 어깨에 얹힌 총의 가벼움이 미덥지 않았다. 방아쇠를 당기자 튀어 나간 총알은 표적을 정확히 뚫었다. 놀라웠다. 미국 기술이 좋긴 좋구나, 싶었다.

배는 필리핀 근처에서 거대한 파도를 만났지만 뒤집히지 않았다. 한국 배라면 뒤집히고도 남을 출렁거림이었다. 이제껏 멀미를 하지 않던 사람들도 너나없이 토하기 바빴다. 3층 침상에서 내려오지도 못한 채 아래로 주루룩 토사물을 쏟기도 했다. 그러면 쏟아져 내린 토사물의 역겨운 냄새에 다른 사람이 또 속엣것을 게워냈다. 전쟁터 가기도 전에 죽겠네. 누군가가 중얼거렸다.

멀미로 어지러운 머리를 식히러 갑판에 나갔던 그는 멀리, 육지를 보았다. 선실로 내려오며 "육지다! 베트남이다!" 소리쳤다. 선실에 늘어져 있던 사람들이 겨우 몸을 일으켜 갑판으로 나갔다. 그사이 육지는 성큼 가까워져 있었다.

얼른 내리고 싶은데, 그건 아니었다. 육지가 바라보이는 곳에 배가 멈추었다. 내내 시끄럽던 엔진 소리가 멎었다. 갑자기 에워싼 정적이 낯설었다. 작은 보트 몇 대가 다가왔다. 지휘관들이 부대별로 갑판에 모이게 하더니, 한 명씩 내려가 보트에 오르게 했다. 더플백을 멘 채, 멀미 기운에 어질어질한 속을 가누며 겨우 작은 보트에 올랐다. 보트는 사람이 다 차자 나아가기 시작했다.

"저게 야자나무라는 거구나."

해변가, 멀뚱하니 뻗은 둥치 위에 부챗살처럼 갈라진 이파리를 달고 있는 나무를 보며 누군가가 아는 체했다. 보트에 탄 사람들의 시선이 일제히 그 나무를 향했다. 후텁지근한 기운이 몸에 감겼다. 공기에선 젓갈 냄새 같은 게 났다. 나중에 알게 된, 넉맘 냄새였다.

보트가 모래사장에서 멈췄다.

"자 여기가 월남이다! 차례로 내려라."

땅에 내리자 멀미가 이어졌다. 배에서 내렸는데도 어질어질했다. 땅멀미였다. 멀미도 멀미지만, 후텁지근하게 감겨오는 습기 찬 더위가 더 힘들었다. 한국은 봄이었다. 온 산에 진달래가 화사했고 아침저녁으로는 쌀쌀한 기운이 돌았다. 그런데 가만히 있어도 땀이 비질비질 흘러내렸다.

백사장에서 기다리는 동안 여러 대의 보트에 탔던 사람들이 다 내렸다. 군복 안에 입은 메리야스가 척척했다. 기다리고 있던 트럭에 다들 열을 맞추어 올라탔다. 트럭은 큰길로 나서더니 속력을 높였다. 차가 속력을 높이자 조금 시원해졌다. 그래도, 하늘에서 지글지글 끓는 해의 열기는 그대로였다. 군모 안의 머리가 후끈 달아올랐다. 갑자기 누군가가 휘파람을 휘익 불었다. 길가에 하얀 옷을 입은 날렵한 여자들이 자전거를 타고 있었다. 긴 머리칼이 등판에 달라붙어 있었다. 하얀 원피스 옆 부분이 터져서 허벅지가 훤히 보였다. 그걸 바라보는 동안 멀미로 지친 몸이 문득 생기를 돋우며 아랫도리가 불끈했다. 그 순간에, 교관의 말이 떠올랐다.

"베트콩은 어디서나 나타나고 찾아 나서면 없어진다."

베트콩은 어린아이일 수도 있고, 예쁜 처자일

수도 있다고 했다. 아오자이를 입고 다가온 여자가 천 덮은 바구니에서 꺼내는 게 빵이나 과일이 아니라 수류탄일 수도 있다고. 밭에서 김매던 할아버지가 문득 품에서 꺼내 던지는 게 수류탄일 수도 있다고. 불끈 솟았던 아랫도리가 금세 풀 죽었다. 그러는 사이 트럭은 양옆에 보초가 선 곳을 지나갔다. 조금 더 달려가자 너른 운동장이 나왔고, 반원형 퀀셋 건물들이 다닥다닥 붙어 있었다. 연대 본부였다. 그를 내무반으로 데리고 가던 박 하사가 말했다.

"이 일병, 너 미쳤냐? 여기가 어디라고 겁도 없이 왔냐? 여긴 별 단 사람들은 갈퀴로 돈 긁어 가고, 대위 중위 소위는 별들이 긁다 흘린 돈 주워 가고, 이도 저도 아닌 사병들은 뒤지러 오는 덴데."

하사의 말을 들으니 겁이 더럭 났지만, 그래도 이왕 온 거라 그는 "에이, 한 번 죽지 두 번 죽나요?" 하고 넉살을 떨었다.

"너 간이 배 밖으로 튀어나온 놈이구나. 하긴, 너 같은 놈이니까 여기를 오지."

하사는 그가, 어쩔 수 없이 오게 되었다는 걸

모른 채 자원한 걸로 지레짐작했다. 그 말을 듣자 다시 소리 없이 빠져나간 황 상병이 떠올랐다. 지금쯤 그는 어디에 있을까. 서울에 있을까. 아니면 고향에? 그가 부러워 미칠 지경이었다.

내무반을 배정받고 처음 잠든 날 그는 밤새 온몸을 긁적였다. 안 뜨이는 눈을 억지로 뜨려 하며 긁적이다 보면 어디선가 쿵, 쿵, 울리는 소리가 들려왔다. 그는 어릴 적 한국전쟁을 떠올리며 깨어났다. 포성 소리에 토끼 눈이 된 신입들에게, 고참들이 일렀다.

"포성 소리다. 그래도 간격이 고른 걸 보니 싸움을 하는 건 아닌 것 같다. 그냥 경계하는 뜻으로 쏘는 포이니 마음 놓고 자라. 저 소리의 간격이 고르지 않으면, 그때는 탈이 난 것이다."

다행히 먼 곳이었는지 아득해져서, 뱃멀미에 시달린 그는 포성 소리를 자장가 삼아 잠들었다. 아침에 일어나니 온몸이 발긋발긋했다. 그가 웃통을 벗자 옆자리에 있던 사람들의 눈이 동그래졌다.

"야, 오자마자 모기들 포식하게 했네. 너 피 부족해서 어떡하냐? 헌혈이라도 좀 해줄까?"

"그런데, 모기가 아니라 땀띠 같네?"

옆에서 잠들었던 방 병장이 조심스럽게 말했다. 그제야 사람들이 킬킬 웃었다. 신고식 한번 오지게 한다, 하면서.

사흘째 새벽, 그는 전쟁과 맞닥뜨렸다. 잠에서 채 깨어나지도 못했는데, 하사관들이 들어와 외쳤다. 기상, 기상! 완전 군장하고 10분 내 연병장에 집합! 뭔지 모르지만 큰일이 일어난 것 같았다. 정신없이 군장을 꾸려 나갔다. 총을 빠뜨리고 나가다 얼른 퀀셋으로 돌아가는 사람도 있었다. 다들 허둥지둥했다. 네 개씩 지급받은 수류탄을 어깨에 걸고, 탄띠를 메고, 배낭을 멘 채 막사 앞에 모이자 헬기들이 하늘에서 날아와 연병장에 내렸다. 그러자마자 하사관이 여섯 명씩 무리를 지어 헬기에 태웠다. 강원도에서 훈련할 때 헬기를 처음 타보았다. 그래도 헬기에 오르자 총을 불끈 부여잡게 되었다. 헬기가 지상에서 떠서 조금 날아가자, 보이는 건 온통 초록색이었다. 말로만

들던 정글이었다. 저 숲 어딘가에 베트콩들이 숨어 있다니, 그곳으로 간다니, 실감 나지 않는데도 몸은 오싹했다.

정글이 가까워지자 긴장이 고조되기 시작했다. 정글 조금 못 미친 공터에 헬기가 내리고 있었다. 베트콩은 연합군이 헬기에서 내릴 때를 겨누고 있다고 했다. 헬기 바람이 세서 풀이며 나무가 미친 듯이 나부꼈다. 다행히, 총격은 없었다. 그래도, 언제 어디서 뭐가 튀어나올지 몰랐다. 땅에 내리자 열기가 훅 끼쳤다. 헬기에 탔던 그들은 한 줄로 서서 정글을 향해 걸음을 내딛기 시작했다. 정글의 열기가 견디기 힘들었다. 바닥은 진창이었고, 어디선가 뱀이 나올 것만 같았다. 온몸의 신경세포가 올올이 섰다. 그 첫 번째 전투에서 그의 앞에 가던 방 병장이 총을 맞았다. 그가 처음 목격한 죽음이었다. 그날 내무반으로 돌아온 사람들은 침울했다. 진짜 전쟁터에 왔다는 것, 죽이지 않으면 죽는다는 걸 눈앞에서 본 것이다.

커피믹스를 다 들이켜고 김은 일어섰다. 방 안

에 밴 라면 냄새와 커피믹스 냄새가 김의 등을 따라 열린 방문으로 한꺼번에 흘러 나가는 듯했다. 월남에서 온 새댁이라니. 오래전 썼던 월남 말에서 기억에 남는 몇 가지를 써볼 기회가 온 것이다. 하긴 40여 년 전이라 기억에 남는 말도 별로 없었다. 이럴 줄 알았더라면 열심히 공부할 것을. 부대에서 월남 말을 가르쳤지만, 그는 배울 엄두를 내지 못했다. 교수 부부는 어떤지 몰라도, 그 동네에서 외국에서 살아본 경험이 있는 사람은 그 혼자였다. 혹시 월남 새댁이 아오자이를 입고 오는 건 아닌가 설레었다.

결혼식이 열흘 넘게 남았는데도, 그의 마음은 분주했다. 옷장에서 한 벌뿐인 양복을 꺼냈다. 다행히 춘추복이었다. 나프탈렌 냄새가 배어서 일단 밖에 내어 냄새를 날려야 했다. 현관 앞 붙박이 신발장에서 오래 묵은 구두를 꺼내 그 위에 뽀얗게 앉은 먼지를 털고, 구두약을 어디 두었더라, 하고 신발장 안을 들여다보다가, 그보다 더 중요한 게 있다는 생각에 머리끝이 쭈뼛했다. 축의금! 얼마나 해야 할까. 5만 원은 그에겐 큰 액수지만,

그렇다고 해서 3만 원을 하자니 왠지 쪼잔하게 느껴졌다. 5만 원과 3만 원 사이에서 갈등하던 그는, 결혼식장에 가기 직전에 마음 내키는 대로 하자, 그렇게 마음을 접었다. 어수선한 심사를 추스르기 위해 그는 다시 구두약을 찾았다. 검정 구두약은 신발장 맨 아래쪽, 구석에 처박혀 있었다. 뚜껑을 열자 말라붙어서 쩍 갈라진 구두약. 왜 이리 마음이 앞질러 나가는 걸까, 열흘이나 남았는데, 싶어서 맥이 풀렸다. 그는 다시 방으로 들어와 벽에 기대며 담뱃갑을 끌어당겼다. 아내가 세상을 떠나면서 다시 마시던 술을, 김이 끊게 해주었다. 술을 끊은 대신 담배가 늘었다.

그의 아내, 영희는 중학교를 마치고 서울에서 공장 생활을 하다가 건강이 안 좋아져 내려왔다고 했다. 동네 어른의 소개를 받아 만났을 때, 영희는 서울물 먹은 여자답게 얼굴이 뽀얬다. 그 뽀얀 얼굴이, 공장에서 볕을 못 받아서 그렇다는 건 나중에 알았다. 그는 영희와 결혼했다. 월남에서 돌아오며, 목숨이 언제 어떻게 될지 모른다는 걸

처절히 깨달은 뒤라서 결혼은 오히려 쉬웠다. 게다가 1년 동안 받은 수당을 적립한 게 있었다. 필주의 등록금을 대겠다며 그만한 액수를 덜어두긴 했지만, 결혼식을 올리는 데엔 부족함이 없었다. 그들은 읍내 결혼식장에서 결혼식을 올리고, 가까운 온천으로 신혼여행을 갔다.

신혼여행에서 돌아온 그는 필주와 함께 쓰던 방에서 영희와 살림을 차렸다. 필주는 엄마 방으로 옮겨 갔다. 아내가 된 영희는 말이 점점 적어졌다.

"왜 그래? 어디 아파?"

그가 물어도 그냥 고개를 저을 뿐이었다.

엄마를 따라 부엌에 들어가긴 했지만, 영희는 밥상을 차려 오고도 밥을 마지못한 듯 조금 먹었다.

"왜 그래? 어디 아파?"

그가 다시 묻자, 영희는 난데없이 눈물을 흘렸다. 그는 당황했다. 영희의 눈이 발개졌다.

"난 시골이 싫어요. 우리, 서울로 가요!"

"서울로 가면? 뭐 해먹고 살아?"

“뭘 해먹든. 내가 다시 공장에 다녀도 좋아요. 시골은 답답해요.”

“시골로 내려온 사람이 그렇게 말하면 어떡해? 우리가 서울로 가면 엄마는?”

“도련님 계시잖아요. 당신이 안 간다면 나라도 갈 거야!”

바람이 들었구나, 그는 상을 내가는 영희의 뒷모습을 보며 담배를 피워 물었다. 엄마를 두고 갈 수는 없었다. 그렇다고 해서 영희만 서울로 올려 보낼 수도 없었다. 영희는 상을 치우고 들어와서 말했다. 서울에선 운전만 해도 먹고살 수 있으니, 운전을 배우라고, 읍내에 마침 운전 기술을 가르치는 학원이 생겼다고 했다.

필주는 대학에 가겠다고 했다. 학교에서도 머리 좋은 필주에게 기대를 걸고 있었다. 필주는 아침 일찍 버스를 타고 읍내의 고등학교에 다녔다. 시골의 중학교에서 읍내 고등학교에 들어간 사람은 필주밖에 없었다. 내후년이면 입시를 치를 판이었다. 그는 저금해둔 돈에서 필주의 대학 등록금만큼 따로 떼어 통장을 만들었다. 운전 기술을 배우러 가면서 그 통장에 손을 댈까봐 겁이 났다. 그래서 통장을 엄마에게 맡기고 나갔다. 전쟁터에서도 살아 돌아왔는데, 그쯤이야.

날마다, 그는 버스를 타고 읍내로 나가서 운전을 배웠다. 버스를 타고 나가다 보면 시골길 옆으로 베트남 풍경이 겹쳐졌다. 아오자이를 입고 농을 쓴 처자, 야자나무도 없었지만, 왠지 거기에 있는 것 같았다. 읍내에서 처음 운전대를 잡던 날엔 몸이 다 굳었다. 옆에 탄 학원 강사는 차근차근 알려주었다. 일단 트럭을 몰아보면, 택시는 아무것도 아니라고 했다. 그는 강사가 시키는 대로 기어를 넣고 페달을 밟았다. 차는 천천히 미끄러졌다.

"잘하는데, 소질 있어요. 월남 다녀왔다며? 전쟁터에서도 살아왔는데 뭔들 못 하겠어?"

강사가 자꾸만 추어주자 조금씩 자신감이 붙기 시작했다. 그는 세 번인가 떨어진 뒤에 면허증을 받았다. 면허증을 받자마자 영희는 서울로 가자고 했다.

"서울 집값이 얼마인데 가자고 해?"

"그래도 일단 가면 살길이 생겨. 내가 공장에 다닐 테니까 가자."

영희는 서울로 떠나기 전까지는 몸을 허락하지 않겠다고 했다. 그는 엄마에게 슬그머니 말했다. 창피해서 말하기도 싫었지만, 어쩔 수 없었다.

"개가 바람이 단단히 들었나 보다. 서울로 가면 어떻게 살래?"

"운전만 해도 먹고살 수 있대요. 서울에서 살아 봤으니까 알겠지."

"그래. 그럼 가거라. 나한텐 필주가 있으니까."

엄마는 필주 대학 등록금이 든 통장을 그에게 내밀었다. 받고 싶은 마음이 굴뚝같았지만, 그는 도로 밀어냈다.

"걱정 마세요. 어떻게든 살 테니까. 그래도 필주는 대학에 보내야 해요."

"너는 못 갔잖아?"

말하는 엄마의 눈가가 벌써 젖었다. 그는 집안이 어려워 고등학교 진학도 포기해야 했다. 아니, 포기는 아니었다. 그는 공부 자체에 뜻이 없었으니까. 성적도 중간쯤이었다. 그런데도 그의 엄마는 그가 고등학교에 안 간 게 아니라 못 간 거라고 굳게 믿고 있었다.

"어머니, 세상이 바뀌었어요. 필주는 대학을 나오면 큰 회사에 취직도 할 수 있을 거예요."

영희를 따라 서울로 오던 날, 그는 혼자된 엄마에게 죄송했지만 어쩔 수 없었다. 서울엔 기회가 많았으니까. 영희가 그렇게 말했으니까.

집을 살 능력이 안 되니, 택시 운전을 하려 해도 도시로 나가는 게 나았다. 서울은 강원도 파월부대에서 훈련받고, 부산으로 가는 길목에 잠깐 스쳤다. 그때 본 서울은 고층 건물이 있는 화려한 곳이었다. 서울로 오긴 했지만, 택시 운전을 하려 해도 맨입으로는 불가능했다. 택시 회사에서 돈을 요구했다. 그만한 돈을 갖고 있지 않은 그는 집에서 빈들거리다가 남대문시장으로 갔다. 날품 파는 일을 알아보다가 자리를 얻었다. 날품삯으로는 겨우 입에 풀칠을 할 수 있을 뿐이었다. 서울의 월세방값도 그에겐 벅찼다. 시골이 싫어서 서울로 갔다가, 공장 생활이 힘들어서 결혼하기로 했다던 영희는 결국 다시 공장으로 들어갔다.

필주는 대학에 합격했다. 그가 대준 등록금으로 대학에 들어간 필주는 입주 가정교사로 일하면서 제 힘으로 학교를 마쳤다. 공장에서 고되게 일한 아내도 밤이면 잠자기 바빠서, 그들 부부는 서로 살 닿는 것도 힘들어했다.

웨딩홀 앞 주차장엔 차들이 들어차 있었다. 계단을 올라 건물 안으로 들어서자 식장 입구에 서 있는 화환이 먼저 눈에 들어왔다. 농협 삼환지부, 삼환마을회관, 삼환고등학교 총동창회 등의 리본을 달고 있는 화환들이었다. 화환들이 그나마 식장을 화려하게 치장해주고 있었다.

신사복을 빼입은 철규가 부모와 함께 입구에 서 있었다. 신랑네라고 푸르스름한 한복을 입은 장암댁도 분칠을 해서 가무잡잡한 얼굴빛을 가렸고, 그 곁엔 양복을 갖춰 입은 철규 아버지가 서 있었다. 그는 우선 목례를 하고 접수대에 축의금이 든 봉투를 내밀었다. 철규의 친구나 먼 친척쯤으로 보이는 두 젊은이가 접수대에 앉아 있었다.

"와주셔서 감사합니다."

철규가 먼저 인사를 하며 두 손을 건넸다.

"어이구, 훤해졌네. 알콩달콩 잘 살아!"

철규의 손을 맞잡으며 그도 덕담을 했다. 철규의 손은 긴장 때문인지 차갑고 축축했다. 그는 신랑을 격려하는 의미로, 남은 한 손을 들어 철규의 어깨를 다독였다.

"얼마나 반가우세요? 며느님 들이시니……."

장암댁이 빙그레 웃자, 분칠 아래 숨어 있던 주름이 자글자글 드러났다. 철규의 아버지가 그에게 손을 내밀었다.

"와줘서 고맙네. 어서 안으로 들어가우."

홀엔 자리가 듬성듬성 남아 있었다. 그는 가장자리로 해서 앞쪽으로 들어갔다. 감색 점퍼를 입은 뒷모습으로 보아 김인 듯한데, 그 옆자리가 비어 있었다. 그가 그리로 가자, 김이 알아보고 비죽이 웃으며 옆자리를 가리켰다.

하객들이 서로 안부를 나누는 소리로 홀 안은 웅성웅성했다. 입구에서 단까지 가는 길에는 양쪽에 조화로 장식을 해서 보기 좋았다.

신부는 신랑의 삼촌 팔을 붙들고 들어섰다. 흰색 웨딩드레스를 입고 웨딩마치에 맞춰 천천히 걷는 신부의 모습에, 그는 마지막으로 안았던 응웬, 아니 판을 떠올렸다. 한 줌에 쥐일 듯한 허리, 찰랑찰랑 흘러내리던 긴 생머리의 윤기, 그렇게 다가온 꽁까이가 대바구니에서 꺼낸 건 바나나가 아니라 수류탄이었다. 그가 부대원들과 시내로 외출 나갔을 때였다. 그들에게 다가오는 꽁까이는 미소를 짓지 않았다. 늘 생글거리던 꽁까이만 보던 눈에 낯설 정도로 딱딱한 표정이었다. 그런데도 옆에서 가던 하 병장은 실실거렸다. 그는 그 딱딱한 표정이 어쩐지 마음에 걸렸다.

"저 여자 어떻습니까?"

"하고많은 여자 두고 저렇게 쌀쌀맞아 보이는 여자를? 넌 여자 보는 눈이 없구나."

"여기 여자들은 따이한이라면 환장한다던데요?"

"그것도 따이한 나름이지. 쟤들도 눈은 있을 거 아냐? 쓸데없이 한눈팔지 말고 꽁까이 집에나 가자. 10불이면 떡을 치고도 남는다."

그러고 지나쳤는데, 앞에서 역시 한국 해병대

서너 명이 왁자하게 떠들며 오고 있었다. 낮술이 라도 마셨는지 얼굴이 벌겠다. 육군에 비해 해병대는 거친 사람이 많았다. 자칫 잘못 걸려들면 시비가 벌어질 것 같아서 그들은 슬그머니, 큰길에서 비켜 골목으로 접어들었다. 그때 퍽, 터지는 소리가 났다. 비명 소리와 사람들이 웅성거리는 소리가 나고, 파파팍 누군가가 급히 달려갔다. 퍽 하는 소리에 놀라 골목에 엎드렸던 그가 슬그머니 몸을 일으켜 조심조심 큰길 쪽을 내다보았다. 아까 본 해병대원들이 갈기갈기 찢겨 피범벅이 되어 있었다. 심장이 터질 듯이 뛰었다. 당장 부대로 돌아가고 싶었다. 그런데도, 다음 달에 귀국한다는 하 병장은 가던 길을 재촉했다. 거기서 웅웬, 아니 판을 만났다.

쭈뼛거리며 들어선 그를 맞아준 사람은 화장으로 가렸지만 주름살이 어쩔 수 없이 밀려나는, 나이 든 여자였다. 하 병장은 그동안 여러 번 찾아온 듯 익숙했다. 방금 전에 본 죽음에서 채 벗어나지 못한 그에게 하 병장이 말했다.

"걱정 마, 저 여자는 포주야. 곧 젊은 애들이 들

어올 거야."

그녀는 그들에게 주스를 한 잔씩 내주고 군표를 받았다. 그 돈을 챙기너니 그녀는 손뼉을 쳤다. 아오자이 입은 여자들이 들어왔다. 그녀들은 워낙 가냘파서, 소녀 같았다. 하 병장이 여자의 말을 통역해줬다.

"이 중에서 마음에 드는 여자를 골라."

하 병장은 세 번째 여자에게 손을 내밀었다. 피부가 매끄럽고 눈가에 웃음을 단 여자였다. 하 병장이 그녀와 함께 들어간 뒤, 그는 더 있기가 쑥스러워서 그다음에 들어온 여자의 손을 잡았다. 어딘지, 아련해 보이는 인상이 마음에 들었다. 여자가 그를 이끌고 들어간 곳은 방이 아니라 큰 공간에 천으로 칸막이만 되어 있었다. 어떻게 이런 데서? 게다가 그에겐 처음이었다. 자기가 처음이라는 걸 하 병장이 알까봐, 무엇보다도 그녀가 알까봐 주눅이 들었다. 그녀는 앳된 얼굴과 달리 노련했다. 그가 옷을 채 벗지 못하자 벗겨주고, 자기도 옷을 벗었다. 여자의 알몸을 본 건 처음이었다. 여자가 그를 쓰다듬었다. 그러자 잠자던 게 불끈 일어났다. 하 병장의 밑에 깔린 여자는 연신 교성을 질렀다. 그 소리를 들으니 그의 성기는 더 단단해졌다. 어떻게 여자의 몸으로 들어가야 하는지 몰랐지만, 어느새 그녀의 몸속으로 들어가 있었다. 머리끝에서 발끝까지 저릿한 쾌감이 온 뒤, 그는 그녀의 몸 위에 엎어져버렸다. 이런 거였구나, 수음할 때와는 비교도 되지 않는 쾌감이었다. 겨우 익힌 베트남 말로, '이름?' 하고 물었더니 그녀는 응웬이라고 했다. 응웬이 그에게 한 말은 알아들을 수 없었다. 나중에 밖에 나가서 하 병장에게 물었다.

"또 오세요, 야. 그년이 너한테 마음이 있는 모양이다."

그 말을 하며 하 병장은 그에게 약을 주었다. "여기 여자들, 몸이 어떨지 모르잖아. 여기 왔다가 성병 걸린 한국군 많아. 그러니 앞으로 일주일은 날마다 먹어둬." 하 병장은 곧 귀국선을 탈 예정이었다.

하 병장이 떠난 뒤에도 그는 이따금 그 집에 가서 응웬을 찾았다. 베트콩은 어디에나 있고, 찾으면 어디에도 없다. 월남에서 늘 마음에 둔 말이었다. 꽁까이 집에서 욕구를 처리하고, 그대로 목 베인 미군도 있다고 했다. 혼자 가면 안 된다는 수칙 때문에 새로 온 신병을 끌고 갔다. 그가 들어서면 포주가 그녀를 데리고 나왔다. 그는 처음 몇 번을 겪고 나서, 겁을 상실했다. 응웬의 품속에서라면 죽어도 좋을 것 같았다. 응웬은 직업여성이라기엔 다감했다. 그에게 누이 같고 엄마 같은 여자였다. 마담이, '응웬 말고 다른 여자도 좀……' 하고 나설 정도로 그는 응웬에게 폭 빠졌다. 한국으로 돌아오기 전, 마지막으로 들렀을 때 그새 베트남 말을 익힌 그는 응웬에게 말했다.

"나, 한국으로 돌아가, 다음 달에."

응웬의 눈빛이 흔들렸다. 그날 응웬은 그를 유난히 꼭 끌어안았다. 일을 마친 뒤, 그가 주섬주섬 옷을 걸칠 때 응웬이 말했다.

"나 응웬 아니에요. 내 이름, 판이야. 판, 기억해 주세요."

그는 고개를 끄덕이며 그 집을 나왔다.

김은 밤길을 걷고 있었다. 길가의 가게들이 다 문을 닫은 걸로 보아 밤이었다. 지나다니는 사람도 없었다. 그런데 길이 환했다. 대체 무슨 밤이 이리 환한 걸까. 세상이 뒤집히려고 그러나. 빈 거리에 저벅저벅 울리는 자기의 발짝 소리가 무서웠다. 어디선가, 난데없이 칼 든 사람이 나타날 것만 같았다. 걸음을 내디디면서도 그는 이게 현실이 아니라는, 헛된 꿈이라는 자각을 하고 있었다. 그러면서, 취한 듯 몽롱한 기분으로, 뭐에 씐 듯 걷고 있었다. 걷고 또 걷고 조금 쉬다 또 걷고, 어디론가 가야 했는데, 그 어디가 어디였는지는 기억나지 않았다. 그래도 걸어야 한다는 것만은 분명했다. 그래서 그는 걸었다. 발바닥에 불이 붙은 것처럼 화끈거리고 무릎은 바늘로 찌르는 듯 아파왔다. 이제 더는 못 걷겠구나. 거기에 이를 수 없겠구나. 절망이 검은 연기를 모락모락 피워 올렸다. 그 검은 연기가 세상을 뒤덮어 그는 캑캑거렸다.

정신이 돌아오니 목이 매캐했다. 컥컥, 그는 입을 꾹 다물고 입안에 침이 고이기를 기다렸다. 빽

빽하던 목에 침이 고이자 아끼며 삼켰다. 결혼식장에서 마신 술이 되었나 보았다. 집에 오자마자 쓰러져 잠들었는데 또 꿈을 꾼 것이다.

김은 어릴 적부터 혼자였다. 한국전쟁 중에 아버지와 엄마와 남쪽으로 내려오다가 하늘에 뜬 비행기가 쏟아낸 탄환을 맞아 쓰러졌다. 그들이 잡았던 양손의 온기가 그대로 남았는데, 부모는 피를 쏟은 채 양옆에 쓰러져 있었다. 그는 죽은 부모 옆에서 울었다. 겨울이었고, 추웠다. 땅이 얼어서 부모를 묻을 수도 없었다. 그는 그냥 울기만 했다. 그때, 수레를 끌고 지나가던 사람이 우는 그를 수레에 앉혔다. 몸이 찢어진 채 길거리에 널브러진 부모를 두고 그는 그 수레에 실려 갔다. 그를 데리고 간 사람의 친척이 하는 가게에서 허드렛일을 하며 밥을 얻어먹었다. 그가 청년이 되었을 때 상경 붐이 일었다. 서울로 서울로, 사람들은 도시에 일자리가 더 많다면서 떠나갔다. 그도 철물점 하는 주인의 가게에서 조금씩 훔쳐낸 돈으로 차비를 해 서울로 왔다. 주인이 조금만 너그러웠어도 그냥 있었을 것이다. 주인은 그가 철물점의 물건을 빼돌리는 거 아닌가, 의심의 눈으로 그를 지켜보았다. 어디를 가든, 찰떡처럼 들러붙은 그 의심스러운 눈길은 거둬지지 않았다. 자격지심 때문에 그렇게 느꼈는지도 모른다. 그래도 금고에서 잔돈을 챙길 수는 있었다. 마침내 열차가 출발했다. 그제야 마음이 놓였다. 역까지 찾아오는 건 아닌가 가슴을 졸였다. 칙칙폭폭, 열차는 느리게 움직였다. 서울에 간다고 해서 아는 사람이 있는 것도 아니었다. 그냥, 남대문시장이라는 큰 시장이 있다니, 거기서 날품이라도 팔면 산 입에 거미줄 치랴, 싶었던 것이다. 서울역에서 내려 두리번거리는데, 한 사람이 그를 붙들었다.

"어디, 찾아가는 데가 있소?"

남자는 양복에 넥타이까지 매고 있었다. 인상이 부드러워 보였다.

"일자리를 찾아온 참입니다."

"어디서 오신 길이오?"

"남원에서 올라왔습니다."

"아따, 전라도 사람이구마…… 어쩐지 낯설지

않더라니잉, 난 목포가 고향이오. 혹시 군대 갈 나이가 된 거 아닌가 싶어서 잡았더니만……."

"군대요? 아직 영장이 안 나왔어요."

정말 군대라도 가면, 밥을 먹을 수 있지 않을까 생각한 적이 여러 번이었다. 주인집에서 일하고 먹는데도, 주인의 부인은 밥을 퍼줄 때 그의 밥그릇엔 밥을 설렁설렁 담았다. 먹고 나도 허기가 위벽을 긁었다.

"영장 기다릴 것 뭐 있소. 육군 하사관 지원하면 되지. 내 말 듣고 가면, 일반 군인보다 월급도 많고, 퇴역하면 또 나라 위해서 애썼으니까, 하면서 목돈도 준다요. 일반 병보다 훨씬 낫지."

사내가 말한 조건은 파격적이었다. 일단 훈련은 일반 병사보다 고되다. 그 대신 체력은 짱짱해질 것이다. 그리고 나라를 위한 일이니만큼, 임무를 마치면 가게 하나 차릴 만큼은 돈을 준다고 했다. 돈, 그에게 가장 절실한 것이었다. 어차피 가야 할 군대, 조금 일찍 다녀와도 좋을 것 같았다. 다만 남들보다 체구가 왜소해서, 하사관이라는 직분에 어울리지 않을 수 있다고 할까봐, 그걸 두려워했을 뿐이다.

그가 따라간 곳은 서울역 근처의 직업소개소였다. 사내가 그를 직업소개소로 이끌 때, 그는 속으로 의아했다. 직업소개소는 군대와 관련이 없는 곳 아닌가? 하사관은 다른 거일 수도 있었다. 그래도 어쩐지 직업이 생길 것 같아서 설레기도 했다. 그가 난생처음 와보는 사무실이었다. 책상이 네 개 있고, 그중 세 군데에는 남자 둘과 아가씨 하나가 앉아서 뭔가 열심히 들여다보고 있었다. 사내의 전화 통화 내용이 귀에 쏙쏙 들어왔다.

"아, 사장님, 안녕하십니까? 저 서울역 앞에 있는 김병규입니다. 네, 그동안 잘 지내셨어요? 아, 제가 지금 사장님 회사에 딱 맞는 사람을 한 명 찾아냈어요. 네, 빠릿빠릿하게 생겨서요. 어이구, 사장님께서 직접 오시겠어요? 네, 차를 갖고 오신다고요. 이거 영광입니다. 와서 보시면 마음에 드실 거예요. 네, 기다리겠습니다."

통화를 마친 사내는 박카스 상자를 꺼내어 그에게 한 병 주고, 자기도 한 병 마셨다.

"사장님? 군대에 무슨 사장님이어라?"

하사관으로 가는 줄 알았던 그에겐 '사장님'이라는 호칭이 영 생소했다. 혹시 사기 당하는 건 아닌가, 몸이 저절로 긴장하게 되었다.

"아, 이건 특수 임무를 맡는 부대야. 그래서 남들이 알아차리지 못하게 회사라고 하는 거야. 회사니까 회사의 우두머리는 사장님, 그래서 사장님이라고 그냥 부르는 거야. 일단 그 사장님 따라가면, 자네 인생이 펴이는 걸세. 지금 나라 사정이 어려워서 밥 굶는 사람도 쌔고 쌨는데, 가면 밥도 주고 제대할 때면 목돈도 주니까 자네도 이만한 가게 차리는 건 일도 아닐 거야. 나만 믿게나."

너무 장담하는 게 미덥지 않았다. 그냥 나갈까, 속으로 물었다. 그러나, 나간다 한들 뾰족한 수가 없었다. 서울엔 친척도 없었고, 그가 야금야금 집어낸 돈을 알게 되면, 철물점 주인은 그를 도둑놈 취급할 것이었다. 주사위는 이미 던져졌다. 되돌릴 수가 없었다.

'사장님'이 나타난 건 한 시간도 더 지난 뒤였다. '사장님'은 군복이 아니라 점퍼 차림이었다. 게다가 선글라스를 끼고 있었다. 이따금 신문에 나오는 대통령이 끼던 것처럼 눈을 가리는 짙은 선글라스였다. 그를 인수한 사장은 주차장에 세워둔 차로 갔다.

"타게."

조수석 문을 가리키며 사장이 말했다. 그는 차 문을 어떻게 여는지 몰랐다. 그가 손잡이를 비틀자, 사장이 혀를 끌, 차더니 다가와 문을 열어주었다. 그는 의자에 앉았다. 버스나 기차가 아닌, 승용차를 타는 건 처음이었다. 사장은 운전대를 잡더니 그를 돌아보며 말했다.

"자, 이제 가는 거야!"

차가 달려 나가기 시작했다. 사람이 많은 곳에서는 빵빵, 경적을 울렸다. 차 소리에 피하는 사람들을 보며 그는 저절로 어깨가 으쓱해졌다. 서울 시내를 가로지른 차는 서대문인지 독립문인지 하는 문을 지나갔다. 거길 벗어나자 차가 드물어졌다. 길가의 집이 드문드문하고 벌판이 펼쳐졌다. 그는 겁이 더럭 났다. 서울에서 벗어나는 것 같았다. 어디, 산 쪽으로 데려가는 거 아닌가, 인적 없는 곳에 가면……. 겁을 먹자 전에 없이 멀미가 나려 했다.

"어디로 가는 건가요?"

"응, 우리 부대에 훈련장이 따로 있어. 훈련이 조금 셀 거야. 그런데 자네 체구가 마음에 들어. 우리 부대에서 찾는 게 자네 같은 사람이야."

그는 왜소한 편이었다. 그에게 늘 열등감을 주던, 160센티미터 키에 마른 체격. 그 체격이 마음에 든다니. 그는 궁금해서 묻지 않을 수 없었다.

"제 체구가 마음에 든다고요? 무슨 부대인데요?"

사장은 대답하지 않고 그냥 차만 몰았다. 차는 점점 깊은 산, 포장 안 된 흙길을 뚫고 지나갔다.

"일반 군인들이 맡지 않는 특수 임무를 하는 곳이야. 그만큼 어렵지만, 일을 마치면 나라에서 큰 돈을 줄 거야."

뭔가 미심쩍어서 내리고 싶었지만 차는 쌩쌩 달렸다. 약속한 돈이 큰 액수가 아니었다면 뛰어내렸을 것이다. 돈 벌기가 쉽지 않다는 건 그도 알고 있었다. 주인집에서 온종일 가게를 봐도 밥만 줄 뿐 월급은 없었다. 어차피 사람이 하는 일인 바에야, 단숨에 돈을 버는 게 나을 것 같았다. 그는 가만히 앉아서 앞에서 휙휙 지나가는 풍경들을 보았다. 어릴 때, 그의 손을 잡고 내려다보던 부모님, 한순간 양쪽에서 손을 놓고 길에 쓰러진 부모님 생각이 났다. 정말 위험한 일이라니, 혹시 죽게 된다면……. 죽는 게 겁나면서도, 죽으면 부모님을 만날 수 있을 거라는 생각으로 자신을 달랬다. 차는 네 시간 넘게 달렸다. 중간에 차를 세우고, 사장과 그는 길가에 소변을 보았다. 흙먼지가 날려서 눈이 따가웠다.

차는 강원도, 라고 표지가 있는 곳을 지나 산길로 갔다. 산길엔 돌이 많아서 차가 덜컹거렸다. 산을 하나 넘고, 두 번째 산을 넘으려는데 차가 털컹거리더니 움직이지 않았다. 사장이 몇 번 시동을 걸었지만 요지부동이었다.

"에이 씨팔, 재수 없으려니까."

사장은 발로 차를 걷어찼다. 손목시계를 한 번 들여다보고, 사장은 그냥 걸어 올라가자고 했다.

"여기서 멀진 않아. 어차피 등산하는 거니까 걸어서 가세."

사장은 눈을 가렸던 선글라스를 잠깐 벗었다. 눈매가 날카로워서, 쳐다보면 찔릴 것 같았다. 그는 슬며시 눈을 비꼈다.

산길은 경사가 급했다. 사장은 그에게서 두 발짝쯤 앞서서 걸었다. 사장은 한두 번 산을 탄 솜씨가 아닌 듯 재바르게 올라갔고, 그 뒤에서 그는 헉헉대며 겨우 쫓아갔다. 한참 걷다가 잠깐 뒤돌아보니 나무들 사이에 하얀 차의 흔적이 보였다. 저 차에 올라 돌아갈 수 있다면, 마음이 아득해졌다. 그래도 그는 사장의 뒤를 보며 쫓아갔다. 가파른 산길을 오르자니, 숨이 가빠왔다. 그가 멈추자, 앞에서 가던 사장이 뒤돌아보았다.

"왜, 힘든가?"

그는 그냥 손을 저어 보였다. 말할 기운도 없었다.

"거기서 훈련받고 나면 이쯤은 식은 죽 먹기가 될걸세. 어둡기 전에 어서 가세."

가는 길목에 절을 지나쳤다. 산속에 있는 기와집은 음산해 보였다. 종교가 없지만, 들어가 기도드리고 싶었다. 그러나 사장은 그냥 걷기만 했다.

사장의 뒤를 따라 걸으며, 그는 난생처음으로 부처님께 속으로 빌었다. 제가 무사히 여기를 마치고, 돈을 받아서 먹고살 수 있도록 도와주세요.

목적지에 도착했을 땐 녹초가 되어 있었다. '사장님'은 몸을 돌려 내려갔다. 그대로 쓰러져 눕고 싶었다. 군대는 군대인 것 같았다. 배정받은 내무반엔 침상들만 석 줄로 놓여 있었고, 모포 두 개가 있었다. 그는 초짜였지만 나머지 내무반원은 1년 넘게 훈련받은 사람들이 대부분이었다. 그들의 눈에선 살기가 느껴졌다. 눈길이 닿으면 베일 것 같은 살기였다.

"너 뱀 먹을 줄 알아?"

얼굴에 멍든 사람이 그에게 물었다. 힘들게 도착하자마자 들은 말이라서 더 놀라웠다. 뱀이라니, 벙찐 그의 표정을 보고 옆에 있던 사람들이 눈짓을 하며 킥킥거렸다.

"곧 먹게 될 거야."

다음 날 새벽부터 일정이 진행되었다. 그들을 운동장에 불러놓고 군복을 입은 사람이 단 위에 올라갔다.

“얼마 전 북한 공산당이 청와대 뒷산까지 온 적 있지? 그래서 우리도 김일성에게 본때를 보여주려고 한다. 이제부터 훈련을 마치면 너희들도 북으로 간다. 가서 김일성의 목을 따 오는 게 임무다.”

등에 소름이 돋았다. 그야말로 죽을 자리로 들어온 것이다.

운동장엔 불룩한 주머니들이 있었다. 그게 뭔지 몰랐는데, 다른 사람들은 그걸 다리에 찼다. 그러더니 그 앞에 있는 조끼를 집어 걸쳤다. 그도 옆 사람이 하는 걸 보면서 따라 했다. 모래가 들어 있는지 묵직했다. 배낭도 남들 하는 대로 어깨에 걸머졌다.

“자, 준비됐으면 시작한다.”

조교가 호각을 불었다. 휘이익, 호각 소리가 산을 찔렀다. 그러자 사람들이 다들 뛰기 시작했다. 그는 운동장을 채 벗어나기도 전에 기운이 빠졌다. 허덕거리는 걸 본 조교가 그의 엉덩이를 쿡쿡 찔렀다. 그냥 나무가 아니었다. 끝에 뭔가 뾰족한 게 달려 있었다. 아파서라도 뛰게 되었다. 지옥에 떨어졌구나. 그는 다시금 생각했다.

다음 날도 그다음 날도, 일과는 똑같았다. 새벽에 일어나서 아침밥 먹고 나면 소화될 겨를도 없이 뛰어야 했다. 뛰고 또 뛰었다. 그와 달리, 훈련받은 이들은 날아다녔다. 먼지가 풀풀 날렸다. 그대로 산을 향해서 뛰어가는 것이었다. 나중엔 소나무쯤은 훨훨 날아다닐 수 있게 되었다. 그렇게 훈련을 하다가 비무장지대로 들어갔다. 고압선과 지뢰, 그리고 걸핏하면 위치가 달라지는 각종 장애물을 넘는 훈련이 시작되었다. 자신이 사람이긴 한가, 자주 묻게 되었다. 뛰다가 벼랑에서 스스로 몸을 날리는 사람이 생겨났다. 죽음은 밥그릇 가장자리에 말라붙은 밥풀때기만큼이나 흔했다. 그들의 결단이 부러웠지만, 그런 결단을 내릴 수는 없었다. 삶과 죽음이 손바닥 뒤집는 것만큼이나 쉬웠다. 두려움이 늘 잠재해 있었지만, 그는 애써 털어냈다. 지녀서 좋을 게 하나도 없었다.

다른 무엇보다도, 악에 받친 나머지 사는 데 의욕이 생겼다. 나중에야 그는 자기의 야무진 눈매와 왜소한 체구 덕을 보았다는 걸 알게 되었다.

북한 주민은 몸집이 작았으니까. 그가 간 설악산 훈련소는 군대가 아니라 회사라는 이름을 갖고 있었다. 훈련의 고됨은 날이 거듭된다고 가벼워지지 않았다. 자신이 인간인가, 의아해졌다.

일단 휴전선을 넘으면 그때부턴 밤에 산길로 달렸다. 산길을 달리는 데엔 이골이 난 몸들이었다. 세 명이 한 조로 움직였다. 지도는 볼 것도 없었다. 언제든 발각되면 사살당할 수 있다는 걸 잘 알고 있었다. 손바닥만 한 모종삽으로 호를 파고 위장한 채 숨는 것도 훈련 과정에서 배웠고, 산속에서 먹을 것을 구하는 방법도 쉽게 익혔다. 사람의 한계를 벗어나는 일은 흔했다. 북쪽 산의 숲에서 한 사람을 만났다. 그들은 눈짓으로 모든 게 통했다. 소리를 내면 안 되니까. 그가 나섰다. 칼을 들고 사내의 뒤로 가서 목을 감고 찔렀다. 허억, 생명이 빠져나가는 게 느껴졌다. 생명이 빠져나간 몸은 무거워졌다. 땅을 파고 묻었다. 소주라도 부어주었으면, 하는 생각도 사치였다.

하나의 임무를 마치고 돌아오면 얼마 안 가 다음 임무가 주어졌다. 생명이 아니라 소모품이었고 손실 처리되면 그만이었다. 그렇게 세 번쯤 북파되었다 돌아왔는데, 다시 나가라고 했다. 그때 생각했다, 아, 이들은 내가 살아 돌아오는 게 싫은 거구나. 나를 인간 병기로 써먹는구나. 그러자 처음의 혹독했던 훈련, 그 아래에서 음험한 눈을 빛내던 뭔가가 그제야 보였다. 그건, 인간에게 하는 대우가 아니었다. 그냥 소모품, 언제든 갈 수 있는 기계의 부품에게나 할 만한 일이었다. 그는 사람이고 싶었다.

여럿이 자는 내무반에서 혼자 나오는 건 쉽지 않았다. 잠자리에 누워서, 눈을 감고 주위의 기척을 살폈다. 그러다가 살짝 잠들었다. 그를 깨운 건 옆에 누운 동료의 잠꼬대였다. "어머니, 어머니, 엄마!" 그 바람에 눈을 떴다. 새로 들어온 옆자리 청년은 허우적거리고 있었다. 다행히, 그의 외마디 소리에도 깨어나는 사람이 없었다. 워낙 고된 훈련이라서, 다들 곯아떨어졌다. 그는 살그머니 몸을 일으켰다. 장비가 든 작은 배낭을 어깨에 멨다. 연병장은 고요했다. 숲속이라서, 별이 환하게 보였다. 저만큼 망루가 있었다. 사람들이 탈

출할까봐 감시하는 초병이 있을 것이었다. 그는 내무반에서 나와, 변소에서 배낭 속의 검정을 꺼내 발랐다. 북파될 때 사용하던 것이었다. 연병장을 기어서 초소 아래를 지나쳤다. 초소 위에 사람이 없는지, 다행히 들키지 않았다. 초소에서 멀어지자 달음박질을 쳤다. 바닥이 얇은 운동화라서, 소리가 나지 않았다. 일단 산 아래쪽을 향했다. 설악산은 가을인데도 추웠다. 배낭에서 비닐을 꺼내어 몸에 둘렀다. 한결 추위가 덜해졌다. 모종삽으로 낙엽 덮인 땅을 팠다. 북파될 때는 참호를 파내면 흙을 여기저기 표 안 나게 조금씩 흩뿌렸다. 땅을 파다 보니, 호 주위에 쌓인 흙이 마음에 걸렸다. 산삼을 찾는 사람들이 보면, 부대에 신고할 것 같았다. 그래서, 배운 대로 조금씩 날라다가 낙엽 아래에 흩뿌렸다. 흙을 파고 조금씩 나르다 보니, 몸이 더워졌다. 나뭇가지로 위를 얼기설기 덮고, 그 위에 낙엽들을 모아다가 덮었다. 자기가 보아도 감쪽같았다. 그제야 호 안에 들어가 잠들 수 있었다.

살을 파고드는 냉기에 눈이 떠졌다. 새벽의 숲

은 고요했다. 그는 호를 빠져나와 살금살금 내려가기 시작했다. 한나절쯤 내려가니 민가가 나왔다. 화전민이 사는 곳 같았다. 거기 가면 허기를 면할까 싶어서 그 집으로 접근하는데, 개가 사납게 짖기 시작했다. 아뿔싸, 방문이 열리며 한 사내가 고개를 내밀었다.

"누구슈? 이 깊은 산중에 웬일로?"

사내는 북데기가 된 머리를 긁적이며 의심스러운 눈길을 보냈다. 혹시 북쪽에서 내려온 간첩 아닐까 싶은 의심이 눈에 가득했다. 배낭 속에 든 군용 나이프를 꺼낼까 하다가, 선량한 표정을 지으려 애썼다.

"예, 등산한다고 왔다가 길을 잃었어요. 혹시 먹을 거 있으면 좀…… 며칠 굶었더니 정신이 없네요."

"산속이라 먹을 건 고구마밖에 없는데, 그거라도 드실라우?"

"네, 염치없지만, 주시면 먹겠습니다."

사내는 부스럭거리며 일어나 부엌으로 갔다. 거기, 무쇠솥 안에 고구마가 들어 있었다. 찐 고구마였다. 언제 쪄둔 것인지 차가웠지만, 그래도 그에겐 감지덕지한 일이었다. 그가 고구마를 허겁지겁 먹자, 사내는 물을 갖다주었다. 목이 메던 참이었다. 훈련 기간엔 주위 집들을 뒤져서 뭐든 먹었다. 그 또한 생존 비법의 하나였다. 북쪽에 가면, 반갑다고 밥 줄 사람이 없으니까 그렇게 뒤져서 먹어야 한다고 했다. 그래도 여기 있을 땐, 돌아가서 '어느 집에서 뭘 먹었다' 하면 농원—그들을 꼬여온 이들은 정체를 감추느라 부대가 아닌 농원이라고 했다. 보릿고개에서 벗어날 수 있는 농작물을 실험한다면서—의 주임이 나가서 그 집에 그만큼 변상을 했다.

"잘 먹었습니다. 다음에 다시 이 앞을 지나게 되면 찾아뵙겠습니다."

사내는 홀가분하다는 듯 손으로 허공을 쳐냈다. 어서 가라는 말이었다. 사내의 두려움이, 그의 눈에 어린 살기 때문임을 그는 알지 못했다. 그는 산을 내려와 버스 정류장으로 갔다. 고향으로 가는 버스는 강원도에서 없었다. 서울을 거쳐야 했다. 그의 호주머니는 비어 있었다. 그는 장터에서 배낭에 든 물건을 꺼내 팔았다. 군용 나이프와 배낭까지. 그러고 서울로 돌아갔다.

결혼식이 끝났다. 신랑 친구의 축가가 듣기 좋았다. 식장 입구에서 축의금을 받던 청년들이 식권을 한 장씩 나누어 주었다. 다들 그걸 들고 예식장 아래에 있는 뷔페로 몰려갔다. 그는 김과 같은 식탁에 일단 자리를 잡아놓고 음식을 챙기러 일어났다. 홍어회인지 가자미회인지, 무침이 가장 먼저 당겼다. 새콤한 게 먹고 싶었던 모양이다. 게다가 평소에 먹지 못했던 호박전이며 동그랑땡 같은 것들을 듬뿍 담아 왔다. 김은 주로 불고기며 제육볶음 같은 걸 담아 왔고. 그들은 말없이 먹기 시작했다. 옆에 앉은 사람들과 그저 의례적인 인사를 몇 마디 나누고 먹는 데에 집중했다. 폐백을 마친 신랑과 신부가 식탁마다 다니며 인사를 했다. 신랑은 미소를 삼키며 정색하고 인사했고, 가녀린 신부는 그 옆에서 미소를 지었다. 속에서 얼어붙은 미소였다. 신혼여행도 생략한 결혼이었다. 신부가 있는 베트남에서 신방을 차리고 온 사람들이었다. 맥주까지 두어 잔 들이켜자 배가 꽉 찬 듯했다. 예식장 입구에서 김과 헤어진 그는 집에 오자마자 자신을 반기는 순농이에게 밥을 주고 누웠다.

어느 날부턴가 월남 새댁이 아침마다 집 밖으로 나오기 시작했다. 가끔은 읍으로 향하는 버스 정류장에서 만나기도 했다. 읍내에 있는 이주 여성들을 위한 한국어 교실에 나간다는 걸 풍문으로 들었다. 장암댁은 새댁이 나가는 걸 못마땅하게 여기지만 내색을 하지는 않는다고 했다. 외국에서 데려온 신부들은 이 나라에서 살 수 있는 신분이 되면 미련 없이 떠난다고들 했다. 월남 새댁도 그럴 위험이 없지 않았다.

긴 머리를 묶고, 간편한 바지를 입고 작은 백팩을 멘 차림새로 걷는 그녀는 가녀리면서도 단단한 심지 하나를 속에 박은 것 같은 표정이었다. 조용하나 당차게 걷는 그녀의 모습이 나타나면, 동네에 문득 생기가 돌았다.

마을회관에 모여 점심을 먹는 날이었다. 그런

날이면 혼자 먹는 밥과 달리 맛있어서 많이 먹게 되었다. 머리가 희어지고도 새초롬한 끼가 있는 경수 할머니가 국을 퍼 담았고 여자들이 앉은 자리에서 말소리가 건너왔다. 바지런해서 메주도 만들어 팔고, 고추장도 담가서 파는 진태 엄마였다. 걸핏하면 남편에게 얻어맞아서, 얼굴 어딘가에 든 멍을 가리느라 모자를 쓰고 밭에 나가곤 했다.

"그러게 돌아가신 지가 언제인데 자꾸 꿈에 시아버지가 보여서, 보름날 영가 옷을 한 벌 짓고 경전 들고 절에 가서 간단히 재를 올렸지. 그날 밤 꿈에, 스님이 나타나 불단 아래서 시신을 꺼내어 다른 데로 옮겨 갔어. 영정 사진을 보니 시아버지인데, 내가 해드린 영가 옷을 입고 계시더라니까. 그 뒤로는 꿈에 안 나오셔. 그건 그렇고, 그 집 며느린 좀 어때?"

그녀가 말을 돌리려 장암댁에게 묻고 있었다. 장암댁의 대답이 굼떴다.

"지금 보긴 착해. 고분고분하니. 부엌일도 금방 배우고. 그래도 알 수 있나……."

이웃 마을에서 끊임없이 이야기가 들려왔다.

잘 사는 부부도 있지만, 그보다는 그렇게 사라지는 경우에 더 귀가 쏠렸다. 그는 아내가 세상을 뜨기 얼마 전에 갔던 베트남의 그 후텁지근한 열기를 떠올렸다.

"여보, 우리 해외여행 가자!"

그의 말에 아내는 뜬금없다는 표정을 지었다. 국내 여행조차 거의 안 다닌 남편이 해외여행이라니, 하는 표정이었다.

"어디로?"

"월남, 패키지여행 신청하려고."

그제야 아내는 알 만하다는 얼굴이었다.

"월남에 가보고 싶다고 타령하더니. 잘 생각했네. 덕분에 해외여행도 해보고."

어느 날 그는 여행사를 찾아갔다. 비용이 만만치 않았지만 그래도 가고 싶었다. 영희는 비행기를 탄 게 처음이라 창가 쪽에 앉아서 연신 감탄했다. 그러다가 멀미 때문에 화장실을 드나들기 시작했다. 다섯 시간 비행하는 동안, 몇 번을 갔는지 모른다. 다낭공항에서 내릴 때 아내의 얼굴은 노르스름했다. 공항 청사에서 나오면 바로 감기는 후텁지근함이 그에겐 반가웠다. 그제야 자기가 베트남에 왔다는 실감에 몇 년 만인가 속으로 꼽아보게 되었다. 공항에서 호텔로 가는 여행사 버스 안에서, 가이드의 설명을 한 귀로 들으며 내내 창밖을 보던 아내가 말했다. 세상에, 오토바이랑 자전거가 이렇게 많다니! 그에겐 익숙한 풍경이었지만 아내에겐 모든 게 신기하게만 느껴졌던 모양이었다. 아오자이를 입고 자전거나 오토바이를 타는 여자들을 보며 그는 잠깐 꽁까이 집에서 몇 번 만났던, 이상할 정도로 그에게 쉽게 마음을 준 판을 떠올렸다. 아오자이를 벗던 그녀의 모습. 그 전까지는 다른 이름을 쓰던 판이, 이게 마지막이라고 하자 그제야 자기 이름을 말했다. 그때 이름을 알려주던 판의 모습이 그에게 깊게 남았다. 판, 귀국한 뒤로 이따금 그녀가 떠올랐다. 그에겐 첫 여자였다. 처음 정사가 끝난 뒤, 판은 그의 등을 쓸었다. 그 모든 게 처음이라서 더 깊게 생각나는 것인지도 몰랐다.

아내는 현지 음식을 거의 못 먹었다. 가이드가

데리고 간 음식점에서 아내는 쌀국수에서 고수를 건져내고 겨우 먹었다. 그래도 스프링롤은 맛있다고 했다. 둘째 날, 가이드가 아시안 식당에 데려가자 아내는 밥을 한 공기 더 시켰다. "이제야 속이 풀리는 것 같네."

식당에서 나오며 아내가 말했다. 묵었던 호텔의 조식 뷔페에서, 아내는 흰죽을 먼저 떴다. 가이드가 데리고 간 라텍스점에서 아내는 라텍스 베개가 뭔지도 모르면서 좋다는 말에 샀다. 베트남은 전시와 영판 다른 활기가 있었다. 링엄사의 엄청나게 큰 해수관음보살상 앞에서 가이드가 '월남 패망 후 바다에서 죽은 보트피플을 기리기 위한 것'이라고 했을 때 그는 바다로 나아갈 수밖에 없었던 월남인들을 떠올렸다. 어쩌면 그중에, 그가 알고 있던 사람들이 있었을 수도 있었다. 오행산에 갔을 때 가이드가 말했다. "오행산, 오행이 뭔지 아시나요?" 일행 속에서 누군가가 토금화목수라고 대답했다. "네, 정확히 아시는 분이 계시네요." 가이드가 박수를 쳤다. 그때 아내가 속삭였다. 나도 그건 어느 정도 아는데…….

동굴로 들어서자 땀이 마르는 듯 서늘했다. 그때까지 내내 부채질하던 아내가 부채를 접었다. 여기가 베트콩이 은신처로 사용했던 곳, 이라는 가이드의 말이 새삼스러웠다. 안으로 들어가면서 그는 베트콩이 숨기에 적당한 곳이었다는 걸 새삼 느꼈다. 천장은 엄청 높았다. 이 시원한 곳에 숨어 있었다니, 이걸 아무도 발견하지 못한 걸까, 싶었다. 어머, 저것 봐요. 아내가 말했다. 동굴인데 위에 구멍이 뚫려서 빛이 들어오고 있었다. 중간의 불상이 있는 곳에선 아내가 잠깐 기도를 했다. "땅, 나무, 불, 물, 쇠가 그것인데요. 이 산은 대리석으로 만들어진 산이라서 마블 마운틴이라고 불립니다. 전에는 산 전체가 섬이었다고 합니다." 그 안에 있는 동굴로 들어가기 위해선 계단을 한참 올라야 했다. 가이드의 말처럼, 주변에는 대리석으로 만든 기념품 가게들이 있었다. 아내는 거기서 대리석으로 만든 불상을 하나 집어 들었다. 그 여행에서 돌아온 지 얼마 안 되어, 아내는 교통사고로 세상을 떴다. 아내의 장례식장에서, 그는 아내와 월남 여행을 간 게 잘한 일이라고 스스로 위로했다.

공기가 부옜다. 텔레비전 뉴스에서는 앵커들이 높은 목소리로 미세먼지를 걱정했다. 마당에만 나갔다 와도 목이며 눈이 뜨끔뜨끔했다. 그는 짐짓 무시해버렸다. 담배도 피우는데 뭘, 하면서. 고엽제 피해를 입은 전우들의 부음이 심심치 않게 들려왔다. 그는 순동이 밥을 주기 위해서라도 밥을 챙겨 먹었다. 혼자 지내는 시간에 텔레비전이 친구가 되어주었다. 텔레비전에서는 젊은이들이 나와 찧고 까불었다. 그들이 웃는 걸 보면 잠시라도 삶의 무게가 덜어지는 것 같았다.

한국, 꿈에 그리던 나라였다. 베트남에서 살 때, 나는 한국 드라마를 즐겨 보았다. 거기 나오는 한국 남자들은 다들 잘생기고 자상했다. 여자에 대한 배려가 철철 넘쳤다. 드라마 속 가족들은 다들 열심히 살고 있었다. 나도 그들처럼 살고 싶었다. 나는 국제결혼을 주선하는 브로커가 있는 곳으로 갔다. 거기에서 소개받아 남편이 될 남자를 만났다. 나보다 스무 살 많은 건 문제가 안 되었다. 남들 하는 대로, 베트남에서 식을 올리고, 남편을 따라 한국에 왔다. 비행기를 타는 건 즐거웠다. 그리고 시댁이 될 시골로 와서 다시 결혼식을 올렸다. 시골 풍경은 내가 살던 베트남과 비슷했다. 그래서 더 친밀했다. 고향에 계신 부모님에게는 사진을 보내드렸다.

가장 견딜 수 없는 건 음식이었다. 넉맘 비슷한 젓갈로 담근 시어머니의 김치는 맵고 맛있었다. 그러나 쌀국수를 찾기는 쉽지 않았다. 내가 쌀국수 먹고 싶어 하는 걸 안 남편은 어느 날, 인터넷으로 주문했다. 고수는 없었지만, 미나리를 넣어서 먹었다. 속이 확 풀렸다. 남편은 드라마에 나오는 남자들처럼 자상했다. 남편이 주문해준 쌀국수 덕분에, 남편의 고마움을 알게 되었다. 읍내에 나 같은 여자들을 위한 한국어 교실이 있다는 사실을 알려준 사람도 남편이었다.

시어머니는 내 외출을 반기지 않았지만, 남편이 막아줬다. 남편은 내가 공부하러 다니는 걸 좋아했다. 가끔은 나와 같이 읍내로 나가서 호떡 같은 걸 사주기도 했다. 두리안도 망고도 구하기 힘들었지만, 나는 홍시와 이 나라의 배 맛에 길들여졌다. 그런대로 살기 좋았다. 아기는…… 안 생겼다. 시어머니는 아기를 기다리는 눈치였다. 나는 밭에 나가서 남편과 같이 일하고, 읍내에서 한국어 배우면서 우리나라에서 온 언니를 만나고, 가끔은 그곳에서 같이 음식을 만들어 먹으며 지냈다. 이따금, 고향에 있는 여동생과는 휴대폰으로 화상 통화를 했다. 스마트폰은 정말 좋은 거였다.

"언니, 지내긴 괜찮아? 살찐 것 같다?"

동생은 스마트폰 속에서 깔깔거렸다. K-POP 팬인 동생은 한국어를 배우고 한국으로 오고 싶어 했다. 거기에서도 한국어를 배우고 있다고 했다. 언젠가는 동생을 데리고 올 수 있을 거라고, 나는 생각했다. 남편이 잘 아는 남자와 동생이 결혼해서 같이 산다면, 그러면 얼마나 좋을까. '돈이 있으면 신도 살 수 있다'는 속담과 '호랑이 굴에 가야 새끼를 잡는다'는 속담이 내게 가장 큰 지침이 되었다. 일단 호랑이 굴에 들어왔으니, 새끼를 잡아서 키워야 했다. 동네에 나가면 무조건 생글

생글 웃으며 인사를 했다. 드라마와는 달랐지만, 그래도 살 만한 동네였다. 나는 한국에 빠르게 적응했다.

"아아, 삼환마을 주민 여러분 다들 안녕하십니까? 이번 금요일에 영정 사진 찍어주러 사진사가 온다고 합니다. 자원봉사 하러 와서 찍어주는 거니까 다들 곱게 단장하고 회관으로 오세요. 점심도 준비되어 있습니다."

이장의 목소리가 마을에 우렁우렁 울렸다. 마을회관에서 먹는 점심은 맛있어서, 그는 빠지지 않았다. 늘 혼자 먹다가, 여럿이 먹으니 좋았다. 그런데 영정 사진? 영정 사진 이야기를 들었을 때부터 그의 마음속에 갈등이 일었다. 찍을까 말까. 자기 죽는다고 해서 누가 찾아와줄 사람이나 있을까 싶었다. 하나뿐인 동생은 그가 준 등록금으로 서울의 명문 대학에 다녔다. 입주 가정교사로 숙식을 해결하고, 장학금을 받으며 학교를 마쳤다. 그러고 회사에 들어갔다. 동생은 서울 사람이 되어가고 있었다. 그는 동생이 서울 사람이 되는 게 자랑스러우면서도 마음 한 자락에서는 서

운했다. 동생은 그의 집에 오지도 않았다. 그의 아내가 죽었을 때 장례식장에서 본 게 마지막이었다. 10년 전이었다.

그 뒤로 동생은 그에게 연락한 적이 없었다. 대학을 나온 동생의 댁도 그를 찾지 않았다. 조카들을 본 게 언제인지 알 수 없었다.

그래도, 죽었다는 소식 들으면 오겠지, 하는 심정으로 그는 영정 사진을 찍기로 했다. 그가 사는 집은 얼마 안 되지만, 그거라도 탐나서 올 거라고, 그는 생각했다. 김은, 공짜라 해도 찍을 일 없다고 처음부터 고개를 내저었다. 자기 죽으면 올 사람도 없다면서.

"그럼 같이 가서 밥이나 한 끼 먹세."

그 말을 듣고서야 가마고 했다. 그래도 영정 사진은 안 찍을 거라고 토 다는 걸 잊지 않았다.

오전에 와서 이미 사진을 찍은 그 청년은 회관 안쪽에 스크린 같은 걸 쳐놓고 그 앞에 의자를 갖다놓았다. 그가 양복 차림으로 들어서자, 점심 먹을 준비를 하느라 카메라를 치우던 청년은 그가 사진 찍으러 온 걸 알고 싹싹하게 말했다.

"영정 사진 찍으실 거죠? 우선 저기 앉으세요."

회관 주방에서 음식을 내오던 여자들이 그를 보고 한마디씩 했다.

"어이구, 양복 입으시니 저렇게 때깔 나는 걸. 잠깐만요."

한복을 곱게 차려입고 안 하던 화장까지 한 봉규 엄마가 분첩을 갖고 와서 그의 얼굴에 대려 했다.

"이런 건 필요 없어요."

쑥스러워진 그가 고개를 돌리자 사진 찍던 청년이 말했다.

"그냥 계세요. 사진이 훨씬 환해져요."

"거봐. 내가 알아서 해주려니까 가만히 있어요."

봉규 엄마가 분첩으로 얼굴을 두드렸다. 음식을 나르던 아주머니들이 다들 모여서 그걸 보며 깔깔대고 있었다.

"알고 보니 봉규 엄마가 필성 아저씨에게 마음이 있었나봐."

"과부 심정 홀아비가 안다더니, 우리 모르는 사

이에 마음이 오갔네벼."

"그냥 하는 거야! 다들 오지랖 잘라내셔!"

그렇게 대꾸하는 봉규 엄마의 얼굴이 살짝 발그레해졌다. 그러잖아도, 과부와 홀아비, 라는 것 때문에 마을회관에 모일 때마다 둘을 같이 앉히려는 사람들이 있었다. 그는 좋으면서도 얼굴이 화끈해지려 했다. 그래도 기왕에 사진 찍는 거니까.

"정말 때깔이 달라지셨어."

마을 여자들이 그를 바라보며 손뼉을 쳤다.

"자, 자, 사진 찍게 다들 물러나세요. 할아버지, 허리 쭉 펴시고요."

배가 고팠던 모양이다. 사진사는 재촉했다. 사람들이 여전히 입가에 웃음기를 매단 채 물러났다. 동네 아주머니들이 봉규 엄마를 둘러쌌다.

"정말 필성 아저씨한테 마음 있는 거 아녀?"

"우리 보기엔 그렇던데. 아 걸리적거리는 사람도 없는데 이참에 합쳐봐."

"별말 다 한다. 난 우리 봉규만 있으면 돼."

"봉규 장가가면? 어차피 요즘 며느리들, 따로 살 생각하는데……."

"됐어. 그만들 해."

봉규 엄마는 살짝 토라졌다. 그 소리를 들으며, 그는 잠깐 봉규 엄마랑, 싫었던 마음을 거뒀다. 그냥 보아도 두루 괜찮은 사람이었다. 수당이 지급된다면…… 그러면…… 한국군수법상 해외 참전자에게 주는 수당이 있는데 유신 정권이 떼어먹었다는 건 최근 월남참전자협회에 들어가보고 알았다. 그 돈을 한목에 받을 수 있다면……. 그러자 그의 표정이 풀어지고, 그사이, 찰칵찰칵, 셔터 누르는 소리가 났다.

"표정 좋습니다. 다 됐습니다."

카메라 렌즈에 눈을 댔던 청년이 다시 그에게 다가와 고개를 살짝 돌려놓고 갔다.

"할아버지, 표정 좀 푸세요. 살짝 웃으시는 게 더 좋은데요."

"그래, 나도 저 사진사 양반이 웃으라고 해서 웃었어. 한번 웃어봐."

철규 아버지가 옆에서 거들었다. 그래도 영정 사진을 찍으며 웃다니? 그는 속으로 고개를 저었다.

"웃으면 복이 온대요~ 장례식장에 오는 사람

들 기분도 그렇고 하니 조금 웃어봐요."

봉규 엄마가 말했다. 그 말을 듣자 슬그머니 표정이 풀렸다.

"저 봐, 봉규 엄마가 말하니까 겨우 웃으시네. 아무래도 수상해."

장암댁이 말하자 봉규 엄마가 살짝 눈을 흘겼다. 카메라 셔터 누르는 소리가 찰칵찰칵했다.

"됐습니다. 할아버지, 표정이 정말 좋아지셨어요. 두 분 같이 찍으시겠어요?"

사진 찍는 청년이 그와 봉규 엄마를 번갈아 보며 말하다가 입을 다물었다.

"자, 수고하셨으니 우선 밥부터 들어요. 차린 건 없지만……."

"오늘 반찬 많은 걸 보니 아무래도 손님 오셨다고 더 잘 차린 것 같네요."

그가 상에 앉으며 사진사 들으라고 인사를 했다. 상 위엔 늘 먹던 김치에, 콩나물국, 나물들에 돼지갈비까지 있었다. 그는 구석에 멀찌감치 서 있던 김을 손짓으로 불렀다. 동네 사람들은 다들 김이 안 보이는 것처럼 굴었다.

김은 그의 앞에 와서 앉았다. 아주머니들이 봉규 엄마를 앉히려던 자리였다.

"왜들 이런대, 정말."

봉규 엄마는 살짝 비켜 그 옆자리에 앉았다. 그는 아쉬웠지만 김이 그의 앞자리로 오자 그 아쉬움이 가셨다. 그 자리가 비어 있지 않았다면, 옆자리에라도 앉혀야 했다. 그런데 옆자리는 그새 다 찼으니까.

"온 김에 내 옷 입고 사진 한번 찍어보지?"

밥을 먹다가, 그가 기어이 말했다. 김은 고개를 저으려 했다.

"장례식에 누가 오든 안 오든, 사진이라도 환하면 좋잖아. 자네 양복 입고 사진 찍은 게 언제인가?"

"젊을 적?"

"거봐. 젊을 적 찍은 사진을 영정으로 쓰는 건 그렇지. 하다못해 동네 사람들이 와도 이상할걸세. 게다가 그냥 찍어준다니까 한번 찍어봐."

여자들은 다 한복에 화장을 하고 있고, 남자들은 거의 대부분이 양복 차림이라서, 어디 결혼식장에라도 온 것 같았다. 그래서 김의 차림새가 더 두드러졌다. 그래도 김은 고집을 부렸다. 밥을 먹고 나서도 사진사는 떠나지 않았다.

"혹시 늦게 오실 분이 계실까봐…… 한 분이라도 더 찍어드리고 갔으면 해서요."

그러면서 사진사는 김을 바라보았다. 그 바람에 그는 김에게 자기의 양복이며 셔츠를 벗어주고, 넥타이를 매주었다. 김에게 조금 커 보였지만, 그는 그대로 강행했다. 옷을 벗고 내의 입은 모습을 동네 아주머니들이 다 보게 되었다.

"저것 봐, 배도 안 나왔네."

아주머니들이 봉규 엄마를 쿡 찌르며 숙덕거리는 소리가 그의 귀에까지 환히 들렸다. 김의 점퍼를 걸치려던 그는, 그 말을 듣고 그대로 있었다. 다행히, 바지는 양복바지 차림이었다.

김은 의자에 앉아서도 여전히 나무토막 같은 표정이었다. 내가 저랬겠구나, 그는 사람들이 표정 풀라고 한 이유를 알 것 같았다.

"조금만 웃어보게."

김에게 말하는 사람은 그뿐이었다. 다른 사람

들은 김이 있는 곳을 쳐다보지도 않았다. 김은 그의 말을 듣고 노력했지만, 웃음은 끝내 나오지 않았다. 사진사가 웃기려고 던진 말에도 석상 같은 표정이었다. 결국 사진사도 체념한 듯, 딱딱한 표정 그대로 셔터를 눌렀다. 김은 다시 옷을 벗어주었고, 그는 그 옷을 입었다. 어쩐지 옷에서 지린내가 나는 것 같았다. 그들은 마을회관을 나와 서로 자기 집으로 흩어졌다.

남방셔츠의 단추 하나가 떨어졌다. 늘 그렇게 입었는데, 봉규 엄마를 떠올리니 갑자기 단추를 달아야겠다는 생각이 들었다. 돋보기를 챙겨 쓰고도 자꾸 헛손질이었다. 실은 바늘귀에 들어가지 않았다. 관두자, 그깟 단추 하나. 돋보기를 쓰고도 바늘귀를 꿸 수 없다는 게 절망스러워진 그는 한숨을 내쉬며 마당으로 나갔다. 젊은 날엔 가늠쇠를 통해서 쏜 총도 목표물을 잘 맞혔는데, 그때가 언제인지 기억이 나지 않았다. 순동이가 신나게 꼬리를 흔들었다. 늘 혼자 있으니 저도 적적한가 보았다. 그는 순동이의 머리를 쓰다듬었다.

순동이가 아예 양발을 들고 그의 바지 자락을 거머쥐었다. 그는 다리를 순동이에게 내준 채 서 있었다. 그래도 순동이가 엉기니 다리가 따뜻해졌다. 그런데, 갑자기 순동이가 고개를 홱 돌리더니 짖었다. 집 앞길로 그 새댁이 지나가고 있었다. 요즘 한국어 배우러 다닌다더니, 마치고 오는 길인가 보았다. 그는 새댁을 손으로 불렀다. 도와달라는 게 베트남 말로 뭐였는지 생각이 나지 않았다. 새댁은 마당으로 들어서며 묻는 눈으로 바라보았다. 그는 거실에 있던 바늘과 실을 갖고 나왔다. 새댁을 거실로 들어가게 할 수는 없었다. 자기 눈을 가리키며 안 보인다는 시늉을 했다. 새댁은 알아들었다는 듯이 바늘귀에 실을 꿰었다. 씬짜오. 그가 겨우 생각난 베트남 말로 인사했다. 새댁은 눈이 동그래졌다. 어떻게? 서툰 한국어였다. 나는 베트남에 있었다, 라는 말을 할 수가 없어서 그는 자기 가슴을 치고 베트남, 베트남, 했다. 새댁은 알아들은 것 같았다. 이럴 줄 알았으면 베트남 말을 열심히 배워둘 것을, 싶었지만 그건 불가능했다. 땀비엣. 다음에 만나요.

그의 입에서 나온 고향 말이 아무래도 신기한 것 같았다. 걷다가 문득 뒤돌아보는 새댁의 얼굴이 아련했다.

어떻게 해야 베트남 말을 배울 수 있을까. 궁리하다가, 오랜만에 동생에게 전화를 했다.

"필주냐. 나다. 형."

"어, 형 웬일이야. 어찌 지내요?"

"응, 그만그만해. 나 뭐 하나 물어보려고."

"뭔데요?"

필주의 목소리에 단박 경계심이 묻어났다. 그걸 알아듣는 자신의 귀가, 그는 서러웠다.

"응, 베트남 말 어디서 배울 수 있냐?"

"베트남 말? 그건 왜?"

"그냥 좀 쓸 데가 있어서."

"가만 있자. 형 마을회관에 컴퓨터 있죠? 인터넷 쓸 줄은 알아?"

"응, 전에 배운 적 있어."

"그럼 유튜브에 들어가서 베트남 말, 쳐보세요. 동영상이 있을 거야. 그걸로 배울 수 있을걸?"

"그래, 이나저나 너는 잘 지내냐?"

"나야 뭐, 회사원이니 머슴이지. 회사에서 나이 많다고 눈치 주는데, 정년 때까진 붙어 있으려고."

"그래, 고맙다. 잘 지내라."

그는 전화를 끊었다. 엄마가 돌아가신 뒤로는 뜸해진 형제간이었다. 엄마가 돌아가시고, 그 시골집을 차지한 건 동생이었다. 있는 놈이 더한다고, 동생은 엄마를 어떻게 구워삶았는지 생전에 그 집을 자기 명의로 해놓았다. 그리고 가끔 주말에 내려간다고 했다. 그 생각만 하면 속에서 열불이 치밀었다. 또박또박 월급 나오는 회사에 다니면서, 다달이 20만 원 연금으로 사는 형 대신 집을 차지하다니, 베트남에서 돌아온 그를 맞던 필주와, 집을 차지한 필주가 다른 사람인 것만 같았다.

그는 마을회관 문을 열려다 주춤했다. 안에서 여자들의 왁자한 웃음소리가 들려왔다. 들어서려던 마음이 싹 가셨다. 돌아서 걸었다. 그때, 마을회관으로 오던 봉규 엄마가 그를 반갑게 맞았다.

"아이고, 아저씨, 왜 안 들어가고 돌아가요?"

"아, 뭐, 그냥……."

"어이고, 수줍어하시긴. 저랑 같이 들어가세요."

봉규 엄마는 그를 돌려세우고 그의 팔을 붙잡았다. 그는 얼결에 팔을 붙잡힌 채 마을회관으로 들어섰다.

"얼렐레. 이게 웬일이랴. 쌍으로 들어오시네."

장암댁이 먼저 말을 꺼냈다. 그는 얼굴이 확 붉어졌다.

"저런, 저, 얼굴 붉어지시는 것 봐. 정말 수상하네."

"아, 뭐 그런댜. 그냥 오다가 문간에서 만났는데."

봉규 엄마가 말을 막았다. 그는 붉어졌다는 얼굴을 식힐 겸 컴퓨터 있는 곳으로 갔다. 근처에 큰 농장이 들어서면서 농장에서 컴퓨터를 놓아주고, 지방대학 컴퓨터학과 학생들이 와서 컴퓨터 쓰는 법을 알려주었다. 그때 배워두길 잘했다고, 그는 컴퓨터를 켜면서 생각했다.

인터넷 익스플로러 화면이 떴다. 그는 그걸 클

릭하고, 포털 검색창에 유튜브를 쳤다. 동네 아주머니들은 수다를 떨면서도 그를 흘금거렸다. 등 뒤에 오는 시선이 따가웠다. 베트남어를 치자 주르륵 떴다. '베트남어 배우기' '베트남어 회화' '꼭 짚어주는 베트남어 첫걸음' '가장 쉬운 독학 베트남어 첫걸음' 등등. 베트남어를 배우려는 사람이 이렇게 많았나? 의아해졌다.

아무래도 '가장 쉬운'이 가장 만만할 것 같았다. 그래서 그걸 켰다. 봉규 엄마가 가장 먼저 다가왔다.

"얼라, 웬 외국어를 공부하신댜?"

그러자 아주머니들이 우르르 일어나 컴퓨터 앞으로 왔다.

"저게 무슨 말이랴? 베트남어? 어, 월남 새댁 때문에 배우시나?"

"그게 아니라…… 전에 내가 월남에 있었잖아요. 월남전쟁 때 가서 싸워서……."

"이제 보니 월남 새댁한테 마음이 있으신가 봐…… 철규댁한테."

"어허, 그게 무슨 소리래. 철규가 있는데. 그냥

새댁이 자기 나라 말이 하고 싶을 것 같아서 한두 마디라도 하려고 공부하는 거지. 내 딸 같아서."

마을회관에서 컴퓨터를 켠 게 잘못이었다. 달리 방법이 있는 것도 아니었다.

"딸도 없으면서 그러신다. 아무래도 마음이 그 쪽으로 쏠리셨네벼."

장암댁의 말이었다. 그를 에워싼 아주머니들의 거센 기운이 느껴졌다. 정말 그게 아닌데……. 한때 그도 외국에 있어봐서, 외국에서 사는 게 어떤 것인지 알 뿐이다. 그래도 나중엔 K-레이션이라고 해서 김치도 먹을 수 있었지만, 처음에 C-레이션이라고, 양놈들이 먹는 빵이며 듣도 보도 못한 음식을 먹어야 했다. 그러다 K-레이션이 오니까 어찌나 반갑던지. 그래도 그땐 한국말 쓰는 동료들이 있어서 괜찮았다. 마을회관 아주머니들이 놀리거나 말거나, 그는 날마다 마을회관에 나갔다. 공부한다는 게 재미있었다. 새댁을 만나면 씬짜오, 인사를 걸었고, 나중엔 한두 마디씩 말을 붙일 수 있게 되었다.

어느 날, 순동이가 짖었다. 문을 열어보니 월남

새댁이 김치 한 보시기를 갖고 왔다. "저희 어머니가……." 월남 새댁이 말을 했다. 그는 김치를 덜어놓고 얼른 그릇을 씻어 주었다. "잘 먹겠다고 말씀드려요." 새댁은 잘 못 알아듣는 것 같았지만, 네에, 하고 대답하고 돌아섰다. 순동이가 꼬리를 살랑살랑 흔들었다.

새로 익힌 베트남 말로 한두 마디 인사를 건넬 때마다 월남 새댁의 얼굴엔 미소가 지어졌다. 그는 그녀의 미소 때문에라도 베트남어 공부에 열을 올리지 않을 수 없었다. 어느 날 그는 큰마음 먹고, 그동안 연습한 베트남 말로 말했다. "또이 쏭 비엣남." 나는 베트남에 살다, 였다. 그녀의 눈이 커졌다. "따이한 꾸언년quân nhân Hàn Quốc." 한국 군인이라는 뜻이었다. "꾸에 흐웡?" 고향이라는 단어가 기억 속에서 불쑥 튀어 올랐다. 그러자 그녀가 대답했다. "뽕니." 들어본 적 있는 지명이었다. 그는 한국어로 답했다. "나 거기 갔었어." 그 말을 알아들었는지, 여태까지 생글거리던 새댁의 얼굴이 딱딱해졌다. 그가 그릇을 돌려주자 새댁은 인사를 하고 떠났다. 그 뒤로는 그릇을 들고 오는 일이 없었다. 길에서 만나도 웃음기 없는 얼굴로 인사하고 지나쳤다. 뭐가 그녀의 마음을 상하게 한 걸까. 반말 때문일까. 그는 햇살 같은 그녀의 미소를 다시 볼 수 없다는 것에, 순동이가 풀 죽은 모습을 보는 것이 마음 아팠다. 처음, 그녀가 들어서면 사납게 짖어대던 순동이는 그새 낯을 익혔는지 그녀가 들어와도 꼬리만 저었고 그녀는 순동이를 꼭 한두 번씩 쓰다듬고 들어왔다.

그는 마을회관에서 인터넷을 검색하다가 '뽕니'를 쳤다. 안 나왔다. 그랬다가 '퐁니'를 쳤다. 그런 뒤에야, 그녀가 변했던 이유를 알았다. 청룡부대가 민간인을 학살한 곳이었다. 그건 그가 월남전에 참전하기 전에 벌어진 일이었다. 월남 새댁은 그 일행 중에 그가 있었다고 착각한 모양이었다. 그는 억울했지만 그 억울함을 풀 수가 없었다. 나는 그때 거기에 없었다, 문법에 맞는지는 모르지만, 그는 그런 말을 만들었다. 그러나 그 말을 할 기회는 없었다. 그녀의 고향에서 그들은 학살을 하지 않고 그냥 지나갔다. 그들이 지나갈 때, 사람들은 마을을 아예 비워놓고 아무도 없었다. 빈 마을을 지날 때면 어디선가 베트콩이 나타날 것 같아 더 숨죽이게 되었다. 그녀의 오해를 풀어주고 싶었지만, 그러기엔 말이 모자랐다. 그게 뭐? 그는 알 수 없었다. 그는 베트남어 공부를 그만두었다.

순동이가 사납게 짖었다. 누군가가 문을 두드렸다. 순동이가 짖는 걸로 보아 월남 새댁은 아니었다. 문 두드리는 소리 들은 게 오랜만이었다.

감색 점퍼가 얼비쳤다. 김이었다. 오랜만에 찾아온 김은 그새 얼굴이 더 망가졌다. 점퍼에선 담배 쩐 내가 났다.

"어서 오게."

김의 얼굴이 더 상했다는 이야기는 할 수 없었다.

"커피 마시려나?"

"아니, 그냥 물이나 주게."

그는 끓인 보리차를 한 잔 내주었다. 김은 벌컥벌컥 들이켰다. 커피도 못 마실 정도로 속이 망가진 것 같았다.

"라면이라도?"

"됐어. 점심 먹은 지 얼마나 되었다고. 그나저나, 자넨 왜 그리 기운이 없나?"

"그냥 늘 그렇지, 뭐."

"얼마 전에 지나다가 사람 소리가 듣고 싶어서 마을회관에 들어갔어."

"그래, 사람들이 많던가?"

얼마나 사람 소리가 듣고 싶었으면 마을회관엘 다 갔을까, 그는 속으로 한숨을 쉬었다.

"두어 명이 있었어."

김의 표정으로 미루어, 그에게 말을 건 사람은 없을 것 같았다. 김은 그림자 취급을 받고 그냥 나왔을 것이다. 김의 표정이 그로 하여금 방에 가서 먹던 과자 봉지를 꺼내 오게 했다. 김은 과자를 집는 대신 담배에 불을 붙였다. 그는 말없이 재떨이를 밀어주었다.

김은 그림자 취급에 조금 질린 것 같았다. 사람들이 말이야, 내가 들어가도 인사 한마디가 없었어, 하고 푸념을 했다. 그런 뒤엔 이 사람, 저 사람 끄집어내서 흉을 보았다. 길에서 인사하려 해도 외면하는 박, 밭에서 일하는데 인사 건넸더니 대꾸도 안 하는 정가 등등. 그 이야기를 듣다가 그는 문득 물었다.

"혹시 철규댁 본 적 있나?"

그녀라면, 그를 만나도 인사를 할 것 같았다.

"월남 새댁? 내가 동네에 나와야 말이지."

"하긴……."

"그런데 철규댁은 왜?"

그는 뭐라 말할까 하면서 속으로 우물거렸다. 김이 다시 물었다. 대체 왜? 김의 얼굴에, 오랜만에 돋은 호기심 때문이었을까, 아니면 말이 하고 싶었던 걸까. 그는 결국 그녀에게 건넨 인사에 환해지던 얼굴, 그 때문에 베트남어 공부를 다시 시작했다는 것, 베트남 말을 한두 마디 할 때마다 미소 짓던 그녀의 모습에 대해서 이야기했다. 하마터면 가끔씩 그녀가 갖다주던 음식 이야기도 할 뻔했지만, 다행히 그 말은 참았다. 그 말을 참은 대가로, 자기가 한 말 때문에 그녀가 마음의 문을 닫은 것 같다는 것도. 그는 정말 억울했다. 억울해서 한 말이었다. 김의 반응은 엉뚱했다.

"철규댁이 쫄깃쫄깃해 보이긴 했지."

결혼식장에서도 한 말이었다. 그때도 그랬지만, 다시 들어도 듣기 좋은 말은 아니었다.

"그거야……."

그는 김의 말에 반박하려다가 그냥 얼버무리고 말았다. 역시 그녀 이야기는 꺼낼 게 아니었다. 김은 보리차를 다 마시고 일어섰다.

한국어를 배우는 건 신기했다. 안녕하세요? 저는 베트남에서 온 응웬이라고 합니다. 읍내 주민회관에서 한국어를 가르치는 여자 선생님은 친절했다. 그녀는 가끔 수업시간에 시장에서 사 온 빵이며 떡을 싸들고 왔다. 빵은 베트남에서 먹던 것만큼 맛있었다. 선생은 주민회관에서 밥을 지어 비빔밥을 만들어 학생들과 함께 먹기도 했다. 미얀마에서 온, 베트남에서 온, 태국에서 온, 다들 응웬 자기처럼 외국에서 이 나라로 모여든 사람들이었다. 그중에 러시아에서 온 여자가 있었다. 그녀는 가무잡잡한 동남아 여자들과 달리 얼굴도 희고 키도 서양 사람처럼 컸다. 류블리나. 그녀는 영어를 잘했다. 읍내에서 장사하는 남자와 결혼해 사는 그녀는, 읍의 아이들에게 영어를 가르치며 돈을 벌고 있었다.

류블리나는 한국 음식을 좋아했다. 특히 라면을 좋아했다. 나에게 한국 라면은 조금 매웠는데, 그녀는 러시아에서도 한국 라면이 인기라면서 수업 끝나면 마트에 들러 다섯 개짜리 번들을 사 가곤 했다.

수업이 끝나고, 류블리나와 함께 마트에 들렀다가 버스 타고 돌아왔다. 버스 안에선 오늘 배운 것들을 익혔다. "저는 응웬입니다. 만나서 반갑습니다." 그리고 한국어로 직업을 써놓은 게 있었다. 학생, 중학생, 간호사, 의사, 축구선수, 주부, 사업가, 비서 등등. 달리는 버스 안에서 글자를 들여다보니 멀미가 났다. 혹시 아가인가? 시어머니는 아가를 기다렸다. 가끔은 노골적으로 묻기도 했다. "아직 아가 안 생겼니?" 그럴 때 시어머니의 말은 가시 같았다. 나를 이 집의 대를 이을 아이를 낳으러 온 사람처럼만 여기는 듯했다. 내가 돈을 벌어 친정 부모에게 보내는 걸 꿈꾼다는 걸 모르고. 후아퐁 근처 시골에 사는 내 친정 부모님은 돈을 못 벌었다. 농사 조금 짓고, 바다에 나가 잡은 물고기를 팔고 그러느라 집은 허물어지고 있었다. 거기에 번듯한 집을 지어드리는 것, 나는 그럴 생각으로 한국에 왔다. 집에서도 농사를 지어서, 남편의 농사일을 거드는 건 그리 힘들지 않았다. 그렇지만 부모님께 집을 언제 지어드리나……. K-POP에 관심 많은 여동생을 데려오는 것도 내 꿈의 하나였다.

버스가 시골길로 접어들었다. 마을이 가까워지자 이상하게 가슴이 쿵쾅거렸다. 시어머니는 내가 공부하는 걸 좋아하지 않았다. 남편과는 달랐다. 하긴, 아들 생각을 끔찍이 하는 어머니였다. 아들 귀한 건 알면서, 그 아들의 아내인 나는……. 한숨이 쉬어졌다. 버스에서 내렸는데, 집으로 들어갈 마음이 안 났다. 그래서 산 쪽으로 걷기 시작했다. 열기 오르는 머리를 식히고 돌아가고 싶었다.

베트남에 있었다는 아저씨 집을 지나가는데, 그 집 강아지가 반겼다. 뭐가 되었든, 나를 반기는 목숨이 있다는 건 고마운 일이다. 쓰다듬어주고 싶었지만, 퐁니에 있었다는 말 때문에 그냥 지나쳤다. 퐁니, 아버지에게 많이 들은 곳이다. 아버지가 어릴 적, 그곳에 한국군이 들어왔다. 한국군은 그동안 친절했다. 도로를 넓혀주고, 아이들에게 선물도 많이 주고. 그래서 반가웠는데, 그때 온 한국군들은 다른 사람들이었다. 오자마자 사람들을 불러 모았다. 이번에도 무슨 선물을 줄까 기대하며 모인 아버지와 마을 사람들에게 주어진 선물은 총탄이었다. 할아버지와 할머니는 그 자리에서 즉사하고, 아버지는 겨우 달아났다. 그래도 다리에 총을 맞아, 평생 절뚝였다. 아버지는 악몽을 꾸었다. 악몽을 잊으려 술을 마셨다. 그리고 엄마를 구박했다. 엄마가 낳은 딸인 나와 동생에게는 잘한 편이었다. 아버지…… 평생 절뚝이며 걸었던 아버지…….

산이 가까워지자 신선한 나무 냄새가 났다. 나무를 끌어안고 있으면 뭔가 진정되는 기분이었다. 빨리 다녀와야 저녁을 지을 수 있다. 걸음이 저절로 빨라졌다.

문밖에 발짝 소리가 난다. 포장이 안 된 도로라서 소리가 안 나는데. 어쩐 일인지 발짝 소리가 들렸다. 김은 문틈으로 밖을 내다본다. 가녀린 여자, 월남 새댁이다. 갑자기, 그녀에게 말을 걸고 싶어진다. 그와 말을 섞는 이는 그처럼 혼자 사는 사람, 필성이뿐이다. 그는 문을 연다. 여자가 깜짝 놀라 걸음을 빨리한다. 외국에서 온 여자까지 나를 멸시하다니, 아니, 무서워하는 것일 수 있다. 그는 약이 올랐다. 그래서 성큼성큼 다가가 그녀를 잡아챘다. 그녀가 겁에 질려 눈이 커진다. 왜, 왜, 왜요? 말을 더듬는다. 어느새 한국말을 이렇게 배운 걸까. 그가 대답하지 않자 그녀는 몸을 돌려 마을 쪽을 바라본다. 그는 그녀의 팔을 붙든다. 살, 살려……. 그녀의 입을 막는다. 그리고 안으로 끌고 들어온다. 그녀가 버둥거리는 바람에, 다리가 보인다. 갑자기, 그의 그것이 발기한다. 대체 얼마 만인가. 젊은 날 이후엔 시르죽었던 그것이 불끈 일어선다. 그녀의 옷을 벗기고, 아랫도리만 벗은 채 그녀의 몸속으로 밀어 넣기 시작한다. 으으으, 그녀가 바둥거리며 빠져나가려 한다. 그는 오랜만의 발기에 도취된 나머지 그녀가 몸을 빼는 걸 막지 못했다. 그녀가 방문을 잡으려 했다. 그는 그녀를 잡아채 다시 뉘고, 그녀의 목을 졸랐다. 그녀의 눈이 희번덕해졌다. 목을 조르니 아래가 더 조여지는 것 같았다. 그래서 계속 목을 졸랐다. 그의 몸이 마구 들썩였다. 부르르, 그는 몸 안에 고였던 것을 쏟고 엎어졌다. 조금 있다 몸을 일으키니 그녀는 입을 조금 벌린 채 눈에 흰자위만 남았다. 덜컥 겁이 났다. 죽었구나, 어쩐다……. 오래전 북쪽의 산에서 사람의 목을 조르던 때가 살아났다. 그땐 무서웠는데, 여자가 죽었다는 걸 안 순간 뭔가 뿌듯해졌다. 그런 자신이 끔찍했다. 동네 사람들의 차가운 시선은 자신이 그림자라는 생각을 하게 했다. 그런 자신이 무서워졌다. 그런 자신에게서 벗어나려, 그는 집을 나섰다. 산에서 숨어 살기에 필요한 것들만 챙기고 산에서 나무 부스러기를 주워다 불을 질렀다. 불은 타오르다 연기만 남기고 꺼졌다. 그는 산으로 들어갔다. 이건 보복이야. 외국인인 그녀를 받아들인 나라, 정작 그 나라를 위해서 몸 바친 자기를, 자기들을 내친 나라에 대한 보복이라고, 그는 그렇게 생각했다. 북쪽에서 내려오다 죽은 수많은 동료들을 위한 보복이라고. 그가 임무를 거부하고 나오자, 약속했던 거액 대신 그에겐 '이중간첩'이라는 누명이 씌워졌다. 그는 사람들의 눈을 피해 살아야 했다.

"들었어? 월남 색시가 사라졌댜."

마을회관에서 내기 화투를 치며 동네 아주머니들이 수군거렸다.

"그러게, 어쩨 여리여리한 게 수상하더라니. 요즘 그런 외국 며느리들 많대. 결혼한 게 아니라 몸 팔아 돈 벌러 온 처자들."

팔광을 세게 내리치며 다른 여자가 말했다.

"저도 무슨 사정이 있었겠지. 이나저나 철규 불쌍해서 어떡한댜. 노총각이 장가가서 싱글벙글하더니."

"장암댁이 더 안됐지. 손주 볼 거라고 기대하는 눈치였는데."

철규는 정말 넋이 나간 것 같았다. 걸핏하면 이

집 저 집 기웃거렸다. 사람들은 말은 안 해도, 철규가 외국인 아내를 찾아다니는 거라고 알고 있었다. 장암댁은 화를 냈다. 나쁜 년이 들어와서 아들 홀려놓고 도망갔다고, 그년이 여우라고. 찾기만 하면 머리끄덩이 뜯어놓고 싶다고, 마을회관에서 분노를 내뿜었다. 그나마 맨몸으로 나간 게 어디냐고, 봉규 엄마가 위로했다. 어디선가는 외국 며느리가 한국 신분증을 받자마자 살림까지 팔아치우고 없어졌다는데, 하면서. 아들 때문에 속상했던 장암댁이 봉규 엄마에게 버럭 화를 냈다. 홀아비 뒤나 쫓아다니는 주제에 무슨 말이냐고.

밤새 내린 눈으로 길이 미끄러웠다. 마을회관으로 들어가려는데 안이 시끌벅적했다. 뭔가 싸움이 난 것 같았다. 그는 마을회관을 지나 김의 집으로 향했다. 김을 못 본 지 오래되었다. 금방이라도 허물어질 것 같은, 뱀이 나올 것 같은 집 앞에 다다르자 알싸한 추위 냄새에 뭔가 썩어가는 냄새가 났다. 짐승의 사체에서 날 법한 냄새였다. 김에게 무슨 일이 생긴 거구나. 그의 가슴이 덜컥 내려앉았다. 한편으로는 그럴 줄 알았다, 는 마음이 일었다. 냄새는 집에서 나는 게 확실했다. 그는 조심스럽게 방문을 열어보았다. 싸늘한 방 안에 미라 같은 게 누워 있었다. 김인가, 했지만 김이라기엔 작았다. 아랫도리는 벗겨진 채였다. 윗도리가 어쩐지 낯익었다. 월남 새댁이 입고 다니던 옷이었다. 그는 바로 문을 닫았다. 휴대폰으로 119를 눌렀다가 고개를 젓고 다시 112를 눌렀다.

경찰차가 사이렌을 울리면서 마을로 들어섰다. 마을회관에 있던 사람들은 무슨 일인가, 눈이 휘둥그레졌다. 그들은 외투를 걸치며 나왔다. 그리고 말없이 경찰차의 뒤를 따랐다. 경찰차는 마을회관을 지나 산 쪽으로 향했다. 그 수상한 남자가 살던 집이었다. 거기, 그가 철규 아버지와 도착했을 때, 경찰차는 이미 방 안의 사람을 끌어냈다. 아랫도리가 벗겨진 작은 여자였다. 뒤늦게 도착한 장암댁이 쓰러졌다. 저 아래에서 철규가 뛰어오고 있었다. 그쳤던 눈발이 싸르락, 다시 내리기 시작했다.

작품해설

역사로부터의 소외와 맞서는 문학의 자리

정홍수

반갑고 설렌다. 소설가 이혜경의 문장으로 우리 시대의 된 숨결을 느낄 수 있다는 게. 이혜경의 소설에는 균열과 심연을 포함하는 인간 진실의 언어화에 바쳐지는 겸허한 노동이 있다. 그의 소설 언어는 드러난 세계만큼이나 보이지 않고 들리지 않는 세계에 정성을 쏟는다. 어쩌면 침묵과 여백의 공지에 그의 소설이 가닿고자 하는 최종의 무언가가 있는지도 모른다. 나는 예전에 이혜경 소설집 『꽃그늘 아래』(창비, 2002)에 대한 짧은 글에서 "이혜경 소설은 침묵의 행간으로 씌어진다. 목숨에 대한 연민과 말에 대한 절망이 서로 싸우면서 이혜경은 한 단어 한 단어 마음의 무늬를 잣는다. 그래서는 침묵으로 간다"고 적어보기도 했다. 물론 그럴 때 '침묵'은 언어의 간절한 물러섬으로 마련된 공간일지언정 삶의 퇴각은 아니었을 것이다.

그런데 『기억의 습지』에서 '침묵'의 자리를 전혀 다른 방식으로 선점하고 있는 것은 '역사'라는 괴물이다. 습지의 늪처럼, 그것은 삶을 서서히 삼킨 뒤 고요와 침묵을 참칭한다. 역사의 괴물스러움은 그 가해의 얼굴을 특정할 수 없다는 데 있다. 소설의 중심인물인 필성은 자신의 의사와는 무관하게 베트남전에 차출되는데, 베트남 도착 사흘째 새벽의 첫 전투에서 그의 바로 앞에서 걸어가던 병장의 죽음을 목도한다. 물론 그 총알은 필성의 철모 아래를 관통할 수도 있었을 것이다. 정글의 척척한 습기와 함께 이 끔찍한 죽음의 기억은 필성의 떨칠 수 없는 악몽이 된다. 필성에 앞서 베트남전에 투입된 청룡부대는 퐁니라는 마을에서 주민들을 소집한 뒤 총탄을 퍼부었다. 이즈음 그 참혹했던 진상이 하나둘 드러나고 있는 한국군의 베트남 민간인 학살. 지금 70대의 독거 노인 필성이(필성은 10여 년 전 아내를 교통사고로 잃은 뒤 이 마을로 혼자 들어왔다) 사는 삼환 마을에 이른바 '월남 새댁'으로 시집 와 있는(개별 사정들은 다 다르겠지만 이런 혼인 방식은 소설의 '베트남 숫처녀와 결혼하세요. 초혼·재혼·장애인 환영. 65세까지, 100% 성사' 홍보 문구가 노골적으로 드러내고 있는 것처럼 사실상의 '매매혼'은 아닐 것인가) 응웬의 할아버지와 할머니는 이 학살 때 그 자리에서 즉사하고 아버지는 겨우 목숨을 건졌지만 다리에 총을 맞아 평생을 절뚝여야 했다. 아버지는 늘 악몽을 꾸었고 그 악몽을 잊기 위해 술을 마셨으며 엄마를 괴롭혔다. 응웬이 베트남에서 한국의 시골로 '몸을 팔 듯' 시집을 와야 했던 '가난'의 이유가 여기에 있었다. 그런데 베트남전 참전이 필성의 의사가 아니었듯, 필성이 그 학살의 가해자 자리를 피한 것 역시 자신의 의지가 아니었다. 필성이 조금 일찍 베트남전에 파병되었더라면 그는 퐁니 학살에서 방아쇠를 당겼을 수도 있다. 사실 그렇지 않더라도 이미 필성은 '범죄'를 저지른 거나 진배없다. 필성에게 아련한 첫사랑의 기억처럼 포장되어 있는 '꽁까이 집'의 직업여성 판. 그는 군표를 주고 그녀의 몸을 산 것이며, 이 일은 '판'이라는 본명을 알려준 그녀의 '마음'으로 상쇄될 수 있는 성질이 아니다("나 응웬 아니에요. 내 이름, 판이야. 판, 기억해주세요."[66쪽]). '군표'를 통해 '매매'되었던 그녀들의 존재는 문제의 '종군 위안부'와 무엇이 다른가. 게다가 정부 추산으로는 1,500여 명, 현지의 이야기로는 1만 명 이상이라고 알려진 '라이따이한'(베트남전에 참전했던 한국인과 베트남인 사이에서 태어난 혼혈인)의 존재는 필성과 같은 한국군이 '그녀들'(여기에는 직업여성이 아닌 민간 여성도 포함되겠지만)의 '마음'을 어떻게 기만하고 짓밟았는지 잘 보여준다.

조금 더 이야기를 거슬러 올라갈 수도 있다. 6·25 한국전쟁 때 아버지의 시신을 목격한 필성에게는 전쟁 자체가 공포의 기억이다. 베트남에서 내무반을 배정 받고 처음 잠든 날, 그의 잠을 깨운 것은 쿵쿵 울리는 포성이었다. 포 소리는 어릴 적 겪은 전쟁의 악몽에 곧바로 연결되는 것이었다. 피할 방법도 없었지만, 베트남전 차출을 마음속으로 받아들인 것도 6·25 때 부친의 죽음으로부터 비롯된 가족의 가난을 얼마간이라도 벌충할 수 있는 기회였기 때문이다. 전쟁미망인인 어머니는 나물 행상을 하며 필성과 동생, 두 아들을 어렵게 키워야 했다. '과부댁'으로 불리던 어머니가 남정네들의 욕심 사나운 눈길에 방치되는 걸 필성은 분노 속에서 지켜보아야 했거니와, 동생 필주의 대학 등록금을 모으기 위해서라도 베트남행은 받아들여야 하는 것이었다. 필성 자신은 고등학교 진학조차 포기해야 했지만 말이다. 한국전쟁은 20세기 중반 냉전 체제의 산물이자 그 냉전 체제를 가속화하고 공고히 한 사건이었다. 미·소의 제국주의적 이해관계가 맞붙은 그 날선 대립은 이후 베트남전에서 다시 불타올랐고, 한국은 사실상 미국의 용병으로 베트남전에 호출되어야 했다.

『기억의 습지』에는 또 한 명의 독거노인 '김'이 등장하는데, 언젠가부터 마을 끝자락 산어귀의 빈집에 혼자 들어와 지내는 인물이다. 김 자신도 거의 마을 주민들과 어울리려 하지 않지만, 마을 사람들 역시 그를 보이지 않는 이처럼 취급한다. 그가 마을에서 교류하는 이는 필성이 유일하다. 몸에는 늘 찌들고 역한 냄새가 떠나지 않고 술을 곡기처럼 달고 사는 김이 필성에게 털어놓은 고백에 따르면 그는 놀랍게도 북파공작원 출신이다. 필성 못지않은 기억의 습지, 악몽의 늪이 그를 가두고 있었던 것이다. 당연히도 그가 북파공작원이 된 것은 자의와 무관하다. 여기서도 이야기는 한참 앞으로 거슬러 올라가야 하는데, 그는 6·25 피난길에 부모를 공습 항공기의 탄환에 잃은 전쟁고아다. 추운 겨울 "몸이 찢어진 채 길거리에 널브러진 부모를 두고"(68쪽) 그는 지나가던 사람의 수레에 태워져 간신히 목숨을 보전했다. 전쟁고아로 힘들게 자라나야 했던 그는 살 길을 찾아 상경했고, 서울역에서 육군 하사관 지원을 권하는 누군가의 꾐에 넘어가 가게 된 곳이 강원도 설악산의 북파공작원 훈련소였다. '인간 병기'를 만들어내는 혹독한 훈련 탓에 벼랑에서 몸을 날리는 사람도 많았다. "죽음은 밥그릇 가장자리에 말라붙은 밥풀때기만큼이나 흔했다."(79쪽) 세 번 북파되었고, 아무렇지도 않게 사람을 죽였다. 그는 나라가 쓰고 버리는 소모품이었다. 네 번째 북파 명령을 받았을 때 가까스로 탈출해 세상으로 돌아왔지만, 이후의 그의 삶이 어땠을지는 충분히 짐작 가능하다. 아마도 삼환마을은 세상 어디에도 뿌리 내리지 못한 그가 밀려나고 밀려나다 마지막으로 흘러든 곳일 공산이 크다. 소설은 그가 꾸는 악몽을 끝없이 걷고 걷는 절망적인 헤맴으로 보여주고 있거니와, 그것이 그의 지난 삶이었을 것이다.

> 김은 밤길을 걷고 있었다. (……) 걷고 또 걷고 조금 쉬다 또 걷고, 어디론가 가야 했는데, 그 어디가 어디였는지는 기억나지 않았다. 그래도 걸어야 한다는 것만은 분명했다. 그래서 그는 걸었다. 발바닥에 불이 붙은 것처럼 화끈거리고 무릎은 바늘로 찌르는 듯 아파왔다. 이제 더는 못 걷겠구나. 거기에 이를 수 없겠구나. 절망이 검은

연기를 모락모락 피워 올렸다. 그 검은 연기가 세상을 뒤덮어 그는 캑캑거렸다. (67쪽)

우리는 소설의 끝에서 김이 저지르는 끔찍하고 충격적인 사건을 목도하게 된다. 여기에는 명백히 가해와 피해의 범죄가 있고 그에 따른 사법적 처리의 영역이 존재할 테지만, 우리의 분노와 근심, 안타까움이 향하는 또 다른 지대가 남아 있다는 것을 알게 된다. 그리고 그곳으로 들어서게 되면 가해/피해의 구도가 그리 자명하지 않다는 사실에 당혹감을 느낀다. 말을 돌릴 것도 없이 그곳은 '역사'라 불리는 지대다. 문제는 역사를 실체화할 수 없다는 데 있다. '냉전 체제' '베트남전' '박정희 개발 독재'는 역사적 약호略號다. 역사는 차라리 하나의 효과로서만 존재한다고 하는 것이 좀 더 사실에 부합하는 설명일 테다. 역사는 필성이나 김, 응웬과 응웬 가족의 구체적인 상처와 피해, 소설 마지막에 처참하게 솟구치는 김의 더럽고 끈질긴 욕망과 같은 형태로만 우리 눈앞에 현상하고 만져진다. 따라서 역사는 일종의 '부재 원인'일 수 있다. 알튀세르가 스피노자를 경유해 새롭게 의미화한 '부재 원인absent cause'은 '구조적 인과성'의 문제틀 안에 존재하는 개념인데, '구조적 인과성'은 효과들 안에 구조가, 하나의 구조로서 이루는 내재성의 형식을 말한다. 이에 따르면 효과들은 구조의 바깥에 있지 않으며, 구조에 의해 특징을 각인받는 미리 존재하는 대상, 요소 또는 공간도 아니다. 반대로 구조는 효과들에 내재하는 것이며, 구조의 전 존재는 효과들로 구성되어 있고, 효과들을 벗어나면 아무것도 아닌 것이다. 이런 차원에서 '역사'를 '부재 원인'으로서의 형식적 효과로 바라보게 되면, 그때 "역사는 상처 입히는 것이고, 욕망을 거부하는 것이며, 집단적 실천과 개인적 실천 모두에 엄혹한 한계를 지우는 것"(프레드릭 제임슨, 『정치적 무의식』, 이경덕·서강목 옮김, 민음사, 2015, 127쪽)이 된다. "역사의 '간지ruses'는 그러한 실천들을 그 명시적 의도와는 딴판의 소름 끼치도록 역사적인 결과로 바꾸어버린다."(위의 책, 127쪽) 사정이 이렇다면, 역사는 필성과 김에게 악몽으로 출현하는 기억의 습지 그것이며, 필성과 응웬을 우연의 오해 속에 방치하는 소름 끼치는 무심함이며, 응웬에 대한 김의 잔혹한 범죄 자체다. 우리는 그 서사를 통해서만 역사를 체험하고 확인한다. 마르크시스트인 제임슨은 자신의 신념에 따라 그 역사의 서사에서 '필연성의 형식'을 본다. "그러므로 역사는 필연성의 경험이다. 그리고 이 점만이 역사가 재현의 대상에 불과한 것처럼, 또는 많은 지배 약호들 중 하나인 것처럼 주제화되고 사물화되는 것을 앞질러 막을 수 있다. 이런 의미에서 필연성은 내용의 한 형태가 아니라, 오히려 사건들의 엄혹한 형식인 것이다."(위의 책, 127쪽) 마르크시스트가 아니더라도 우리가 역사를 '필연성의 경험'으로 이해하는 것이 어렵지는 않다. 필연성의 좀 더 제한된 방식에 동의하지 않을 수는 있어도, "지반이며 초월 불가능한 지평으로서의 역사가 특별한 이론적 정당화를 필요하지 않은 채로"(위의 책, 127쪽) 우리 곁에 있다는 것을 부인할 수는 없기 때문이다. 지금 이혜경의 소설 「기억의 습지」가 너무도 강렬하게 알려주고 있는 것처럼 말이다. 필성, 김, 응웬의 삶에서 '역사'를 분리하는 것은 불가능하다.

그러나 우리는 종종 망각한다. 혹은 대면의 고통을 감당하지 못해 회피하고 도망치려 한다. 그 망각과 회피의 몸짓은 흔히 무의식의 수준에서 일어난다고 알려져 있으며, 그럴 때 '억압된 것'은 돌아온다. 회귀는 기억의 습지에서 출몰하는 악몽의 형태일 수도 있지만, 그이들의 '이미 상처 입은 연약한' 삶에 새겨져 있다. 결혼 이주 여성으로 '철규댁' 응웬의 사정은 그리 나쁜 편은 아닐지 모른다. 스무 살이나 많은 남편이지만 철규는 아내를 살갑게 챙겼고, 시어머니의 성마른 눈길로부터 아내를 감싸고 보호할 줄 아는 사람이었다. 덕분에 읍내에 있는 한국어 교실에도 다닐 수 있었다. 그러기는 해도 "아직 아가 안 생겼니?"(116쪽) 하고 물어오는 시어머니의 말은 가시 같기만 하다. 베트남에 있는 부모님께 집을 지어드릴 일, K-POP을 좋아하는 동생을 한국에 데려오는 일도 기약이 없다. 읍내 한국어 교실에서 버스를 타고 돌아오는 길에 응웬의 마음을 어지

럽히는 상념들이다. 소설의 다음 대목을 보자.

> 버스가 시골길로 접어들었다. 마을이 가까워지자 이상하게 가슴이 쿵쾅거렸다. 시어머니는 내가 공부하는 걸 좋아하지 않았다. 남편과는 달랐다. 하긴, 아들 생각을 끔찍이 하는 어머니였다. 아들 귀한 건 알면서, 그 아들의 아내인 나는……. 한숨이 쉬어졌다. 버스에서 내렸는데, 집으로 들어갈 마음이 안 났다. 그래서 산 쪽으로 걷기 시작했다. 열기 오르는 머리를 식히고 돌아가고 싶었다. (117쪽)

마을이 가까워지자 갑자기 생겨난 '마음의 쿵쾅거림'. 그래, 이곳은 얼마나 낯선 곳인가. 말도, 음식도, 풍경도. 그러면서 남편이 기다리는 집이 그 낯섦 안으로 돌연 가세하고 있다. 이혜경 소설에서 예외적이다 싶게 불길한 사건의 긴장으로 출렁이는 순간이다. 그러니까 응웬의 언제든 부서질 수 있는 연약함과 그 연약함을 둘러싸고 있는 세상의 공기 혹은 세상의 무게 전체가 여기에 있다. 이 긴장은 그러나, 우리가 응웬에게 닥칠 일을 이미 상당한 정도로 알고 있다는 점에서 이야기의 인위적 지연이나 정보의 기술적 차단에서 오는 '서스펜스'와는 무관하다.

사실 우리는 이 소설의 시작과 함께 곧바로 '베트남 새댁'의 죽음을 알게 된다. 소설은 새댁의 장례식을 위해 베트남의 가족이 공항에 도착하는 것으로 시작한다. 마을의 이장이 차를 갖고 마중을 나갔고, '그'(필성)도 통역을 겸해 따라나선다(이는 필성이 새댁, 곧 응웬의 죽음 이후 중단했던 베트남어 공부를 다시 시작했다는 걸 의미한다. 이런 대목의 처리에 이혜경 소설 특유의 섬세함이 있는 것이리라). 소설은 장례식으로부터 시간을 거슬러 오르는 방식으로 씌어져 있다. 그리고 소설은 그 죽음의 사건에서 끝난다. 처음과 끝이 맞물리는 구성이랄 수 있는데, 우리는 끝내 죽음의 과정을 보지 않고는 소설을 덮을 수 없다. 그렇다면 응웬이 가슴의 쿵쾅거림과 함께 산 쪽으로 걷기 시작하는 순간 생겨나는 소설의 긴장은 '서사적'인 것의 효과이기보다는 그녀의 상황과 조건이 처음부터 품고 있었던 연약함과 위태로움 그 자체였다고 해야 할 테다. 말하자면 '역사'는 그 연약한 위태로움을 건드려 파국으로 몰고 가는 힘으로만 현상하는지도 모른다. 역사는 그렇게 엄습한다. 베트남의 정글에서 앞서가던 병장의 머리 위로 날아든 한 발의 총탄처럼. 피난길 김의 부모 몸에 하늘로부터 쏟아진 탄환처럼. 동시에 역사는 가해의 자리에서 손쉬운 합리화의 도구로 전유되기도 한다. 사건 후 김을 보자. 김은 집에 불을 지르고 다시 산으로 도망치면서 생각한다. "이건 보복이야. 외국인인 그녀를 받아들인 나라, 정작 그 나라를 위해서 몸 바친 자기를, 자기들을 내친 나라에 대한 보복"(120-121쪽)이라고. 우리는 여기서 소설의 처음으로 돌아가볼 필요가 있다. 공항에서 새댁의 가족을 태운 차 안의 풍경으로.

새댁의 엄마는 울음을 그치지 않았다. 내장이 다 쏟아지는 듯한 비통함이 차 안을 적셨다. 이장의 옆에 앉은 그는 할 말이 없었다. 그저 보온병에

담아간 따뜻한 보리차를 건넬 뿐이었다. (10쪽)

'내장이 다 쏟아지는 비통함'이란 어떤 것일까. 그리고 그때 어떤 위로가 가능할까. 무엇보다 이런 일은 왜 생겨나는 것일까. 소설을 끝까지 다 읽고 다시 소설의 처음 이 지점으로 돌아오면 솟구치는 의문을 가누기 어렵다. 그리고 이 항변을 받아야 하는 대상은 누구일까.

그들이 사는 면으로 가기 전, 읍내의 장례식장에 들렀다. 철규가 나와서 장인 장모를 맞았다. 새댁의 엄마는 검정 양복을 입은 사위를 보자 가슴을 치며 울었다. 새댁의 동생도 형부를 보면서 또 눈물을 흘렸다. 한쪽 팔로 엄마의 얼굴을 감싼 채. 장례식장 입구에서 모녀는 울었다. 새댁의 영정사진 앞에 향을 사르고, 그리고 엎어져서 울 뿐이었다. 그에겐 익숙한 향 냄새였다. (10-11쪽)

사람들은 자신의 가슴을 치며 운다. 주먹을 부르쥐지만, 결국 엎어져서 울 뿐이다. 항변은 무너져 내리는 자신의 가슴을 향하고, 부르쥔 주먹은 결국 바닥을 향한다. 이럴 때 '역사'는 모습을 보이는 법이 없다. 이를 지켜보는 필성의 반응은 "그에겐 익숙한 향 냄새였다"는 한 문장으로 기술되어 있다. 그러나 우리는 이 짧은 문장 뒤에 숨어 있는 소설의 침묵을 안타까이 헤아릴 수밖에 없다.

그렇다면 다시 한 번, 반드시 어떤 신념이나 '진리'의 자리를 개입시키지 않더라도 우리는 역사를 '필연성의 형식' '필연성의 경험'으로 이해해야 할지도 모른다. 역사가 그렇게 인간의 집단적 실천과 개인적 실천 모두를 엄혹하게 한계 짓는다는 사실을 받아들이는 것은 역사를 망각하지 않는 일이기도 하다. 이혜경의 『기억의 습지』가 가슴 아리게 알려주는 대로, 많은 이들은 바로 그 역사로부터 피해를 입으면서 역사로부터 소외된다. 망각하는 줄도 모르고 망각한다. 악몽조차 얼마간 익숙해진다. 그러구러 살아간다. 그러나 『기억의 습지』가 또한 절제되고 잘 짜인 서사 전체를 통해 보여주고 있는 것처럼, 적어도 인간의 고통은 우리가 직면하지 않는 곳에서 이어져 있다. 소설의 인물들이 도달한 실패와 패배를 통해 이러한 사실을 새삼 자각해야 한다는 사실이 슬프지만, 그것이 또한 소설의 몫이기도 하리라. "물론 우리는 우리가 아무리 역사를 무시하려 해도 그 소외시키는 필연성이 우리를 결코 망각하지 않을 것이라고 확신해도 좋을 것이다."(『정치적 무의식』, 128쪽) 이혜경 소설은 역사가 가하는 그 소외의 냉혹함을 일깨우면서 망각의 역설과 싸우고 있다. 『기억의 습지』는 그 싸움이 '개인'의 악몽을 넘어서는 곳에서 시작되어야 한다는 것을 섬세하게 증언한다.

작가의 말

내가 기억하는 월남전은 아주 단편적이다. 초등학교 교실에서 쓰던 '파월 장병 아저씨께'로 시작되던 위문편지와 읍내 상점마다 돌아다니던 상이용사들. 반세기쯤 전에 기억 속에 묻혔던 그분들이 내 이야기 속에 살아나게 된 건, 파월 장병들에게 가야 할 보상이 경부고속도로를 위해 쓰이고, 포스코로 흘러들어가고 전 대통령 박정희의 비자금으로 스위스 은행에 묻히고 그런 이야기들 때문이었다.

장편을 쓰기 위해 오랫동안 모아온 자료 가운데 파월 장병 이야기는 그렇게 새로운 이야기로 바뀌었다. 지금 머무르고 있는 에콰도르에서도 여러 분이 도와주셨다. 김덕명 선생님은 키토 남부에 파월 장병이었던 분이 계시다는 이야기를 들려주셔서 신준식 선생님을 찾아뵐 수 있게 해주셨고, 미주 베트남전참전용사 전우회 회장이셨던 한창욱 선생님께선 이메일로 상세히 답해주셨다. 월남전 참전 용사의 블로그인 '내가 살아온 날들!'에서도 많은 도움을 받았다. 파월 기술자이셨던 작은아버지께서 들춰 보이셨던 기억도 잊을 수 없다.

역사 속에 파묻힌 사람들의 이야기를 찾다 보니 북파 공작원 이야기까지 곁들여졌다. 영상 자료가 큰 힘이 되었다. 한때 목숨 걸고 싸웠으나 지금은 잊힌 이들, 그들의 이름을 불러보는 것, 그게 소설가인 내가 할 수 있는 가장 큰 일인 것 같다. 내 목숨이 붙어 있는 날까지, 잊힌 그 이름들을 찾아 부르는 일을 멈추지 않으리라. 그리될 수 있기를!

2019년, 오타발로에서, 이혜경

기억의 습지

지은이 이혜경
펴낸이 김영정

초판 1쇄 펴낸날 2019년 5월 25일

펴낸곳 (주) 현대문학
등록번호 제1-452호
주소 06532 서울시 서초구 신반포로 321(잠원동, 미래엔)
전화 02-2017-0280
팩스 02-516-5433
홈페이지 www.hdmh.co.kr

© 2019, 이혜경

ISBN 978-89-7275-991-1 04810
978-89-7275-889-1 (세트)

* 책값은 뒤표지에 있습니다.
* 이 도서의 국립중앙도서관 출판예정도서목록(CIP)은 서지정보유통지원시스템 홈페이지(http://seoji.nl.go.kr)와 국가자료공동목록시스템(http://www/nl/go/kr/kolisnet)에서 이용하실 수 있습니다.
(CIP제어번호: CIP2019018834)